Carnet de « bored »

DU MÊME AUTEUR :

Kino Frontera :

Messages aux huiles essentielles (2017@L'écrit du suD)

Un hiver en enfer (2020 – inédit)

L'Almanach de Kino – les éphémérides mal saintes (2021@BoD)

Kino Frontera & Foxx Murder :

Expolars (2017@L'écrit du suD)

Kino Frontera

CARNET DE « BORED »

© 2021 Kino Frontera

Éditeur : BoD-Books on Demand
12-14 rond-point des Champs-Élysées, 75008 Paris
Impression : Books on Demand, Norderstedt, Allemagne

Illustration : photo de couverture Kino Frontera

ISBN : 978-2-3221-9864-1
Dépôt légal : Mars 2021

Normalement c'est ici que vous écrivez une citation pour montrer que vous avez une certaine culture et donner au lecteur potentiel le top départ de sa réflexion (oui, parce que c'est censé avoir un rapport avec ce qui va suivre). Mais, vous savez quoi ? On va faire sans.

Anonyme

LES NOUVELLES TRES BRÈVES

I

(the hemming way)

Lost : heart mock-up and glue tube
(Perdu: maquette de coeur et tube de colle)

II

Parfois la vie ne tient qu'à un fil, pensa le tailleur d'âmes en fermant les ciseaux.

III

C'était sans doute son côté rationnel, cartésien. Pas question, même si certaines solutions semblaient évidentes et incontestables, de se satisfaire d'une énumération. Il fallait qu'il teste. Non que l'exemple soit une preuve scientifique, mais bon, quelque part, ça devait le rassurer intellectuellement.

Et puis, le côté positif était que cela lui permettait d'écrire, en parallèle, un deuxième ouvrage. Les auteurs sont si mal payés... Gagnant – gagnant, comme on dit maintenant...

Le « Dictionnaire des 1001 façons de tuer quelqu'un » et en bonus « Comment faire disparaître un cadavre ».

IV

Le sommeil et moi, ce n'était pas une histoire qui pouvait durer...

Non, attendez, je la refais...

Le sommeil et moi nous sommes séparés d'un commun accord... enfin, c'est ce qu'il dit...

Non... je vais la refaire...

C'est qui d'abord ce sommeil ? Je ne le connais même pas alors je ne vois pas comment je pourrais savoir où il était à deux heures du matin !

Non… on peut la refaire ?

Voilà… écoute, on n'est pas fâchés… mais on ne va pas faire semblant non plus… C'est compliqué pour moi si on se retrouve ensemble au même endroit…

Quoi ? Si c'était à refaire ? Le problème ce n'est pas le sommeil… c'est le réveil…

V

Ceci est une histoire fausse.

Les évènements se sont passés à Marseille en 2019… ou ailleurs à un autre moment.

Les noms ont été changés à la demande des personnages imaginaires survivants ; mais par respect pour ceux disparus dans les oubliettes d'un récit désespérément tragique, la relation des faits respecte scrupuleusement tous les détails de cette histoire inventée…

VI

Il y avait certainement des raisons, une histoire ; oui, c'est ça des raisons, des choses qui expliquent au moins le comment, sinon le pourquoi.

Mais là, sur le moment, dans ce grand lit, quand mon corps nu s'est tourné vers son corps nu et que j'ai dit : « On se connait ? »

Je ne les voyais pas clairement…

VII

Elle réservait sa tendresse, sa gentillesse, son empathie (c'était un mot dans l'air du temps) pour des personnes qu'elle n'aimait pas, et gardait pour elle la violence.

Parce qu'elle voulait continuer à croire que la violence traduisait un sentiment.

Mais la violence n'était et ne serait toujours que de la violence…

VIII

Je me lève, je me bouscule, je ne me réveille pas ????

Seul, ça ne veut strictement rien dire…

IX

Un briquet pour donner du feu, une montre pour l'heure, des kleenex pour la poussière dans l'œil, un téléphone, une feuille de papier, de la monnaie pour le parcmètre (ou autre), un stylo…

J'ai tout ?

J'ai tout ! Elle peut me demander ce qu'elle veut.

… Elle est partie…

Demain… Demain, j'essaierai de lui parler…

X

Non, il n'était pas expert, mais disons, assez exigeant. C'était important pour son travail. L'efficacité ! On acceptait communément l'idée que c'était les plus difficiles à faire partir. Alors il savait qu'il devait utiliser la meilleure…

Parce que lui aussi était le meilleur pour faire partir. Sans jeu de mots, on pouvait dire qu'il se tuait à la tâche…

À chaque contrat.

La meilleure lessive pour les taches de sang…

XI

- Il m'a dit que c'était un début d'Alzheimer et…
- Et quoi ?
- Quoi ?
- Tu parlais d'un début d'Alzheimer et…
- Moi ? Je disais quoi ?

XII

- Tout corps plongé dans un liquide subit une poussée de bas en haut égale au poids du volume…
- Subit ?
- Ouais, c'est ce qui est écrit…
- Moi je dirais plutôt provoque… ou produit… ou exerce, non ?
- Ah ouais, mais ça c'est quand tu oublies de l'assommer avant…

XIII

Et si la vie n'était qu'un éternel recommencement ? Et si la vie n'était qu'un éternel recommencement ? Et si la vie n'était qu'un éternel recommencement ? Et si la vie n'était qu'un éternel recommencement ? Et si la vie n'était…

XIV

La plupart du temps c'est carrément handicapant. Déstabilisant. Perturbant.

Mais, là, ça n'était pas le cas… Il savait où il devait aller… En tout cas, il ne se posait pas la question… Il suivait… Ça ne semblait déranger personne autour de lui… Sans doute que personne n'avait un besoin urgent de le savoir… ou s'en foutait… ou je ne sais pour quelle autre raison.

Donc, pas besoin de s'affoler. Et il ne le ferait pas. Ce n'était pas comme s'il avait déjà vécu la situation – forcément pas – mais comme s'il avait une sorte d'instinct qui lui disait… tranquille… prends ton temps… c'est normal… ça va venir…

Dès que ce connard de romancier aura besoin de le faire, il dira ton nom. Et là… tu sauras qui tu es. Toi… son personnage…

XV

Certaines couleurs portent mal leur nom.

Vermillon par exemple. Comment tu devines que c'est rouge ? Et pas vert ? Sauf à peindre l'espoir en rouge…

Mais c'est rarement une bonne idée.

XVI

Il avait compté jusqu'à 3… pour du bois.

Jusqu'à 6… pour des cerises.

Jusqu'à 9… tenté un coup de bluff.

Mais à 12… il comptait bien rafler tout le flouze…

Les comptines, ça vous rattrape à tout âge…

XVII

Il posa son stylo et regarda le résultat. Le papier ordinaire. Les lettres bâton. La signature...

À cause de son métier ? La force de l'habitude ? Allez, poubelle. Encore une lettre anonyme ratée.

XVIII

Je pense qu'elles étaient en cuir véritable mais semelle en élastomère. Peut-être des fers... Avec les bruits parasites, pas évident ... La couleur ? C'est plus difficile. Violine ? Brun foncé avec des reflets rouges ? J'hésite.

Par contre, jaune avec des stries noires, aucun doute...

Pour la peau de banane...

XIX

Racines, tronc, branche, corde, homme, cheval…

XX

Perdus : illusions et stylo-plume. Récompense pour le stylo-plume

Relis tes ratures…

Vous avez écrit un texte de 147 pages (écrit gros) qui raconte une histoire banale, chiante, nombriliste, de couple urbain dans la quarantaine, d'un milieu social relativement aisé, avec un soupçon de philosophie de comptoir (enfin, pas du café du coin, plutôt un bar lounge branchouille), un trait de conscience sociale et une bonne louche d'empathie floue et indistincte pour un peu tout le monde (c'est trop triste pour eux, en fait) et un chat (au moins pour la promo et la couverture), bref le roman français que Marie Claire recommandera à son lectorat pour bronzer intelligent sur un transat payant ou le scénario d'un film qui touchera l'avance sur recettes sans passer par la case Départ… et il vous manque le titre… cette accroche indispensable qui fera la moitié du succès… Je vous en offre un… gratuit pour le Black Friday…

« Toutes les femmes que j'aime sont myopes (sauf celles qui sont presbytes) »

PS : ça marche quel que soit le sujet du texte puisque la tendance actuelle est de faire en sorte de garder la surprise… donc de mettre un titre à la con… plutôt long… pour faire « genre »…

2ème PS : vous pouvez remplacer « femmes » par « hommes » ou par ce que vous voulez…

****

On ne devrait pas dire brèves de comptoir, mais brèves de « contoir ».

****

Incipit insipide précipite l'excipit.

****

Coucher par écrit des souvenirs douloureux c'est un peu changer son papier plainte…

A boire et à manger

Au début était le Pepito.

Mais le petit peuple se désolait du prix prohibitif de ce biscuit chocolaté. Alors, les enseignes à Bakou (oui, je sais, c'est une vanne éculée… mais à une lettre près, on s'en sort bien) créèrent le Granola, sorte d'Ersatz du petit mexicain chocolaté, mais pour les pauvres. Vendu chez les hard-discounters.

Et aujourd'hui, par pur snobisme revanchard, on voudrait nous faire croire que cet ersatz saturé en trucs pourris que c'est rien de le dire, que les écologistes s'en retourneraient dans leur tombe s'ils le savaient (oui, parce qu'au fait, ils sont morts les écolos – enterrés par la branchouille hystérisante, le véganisme dictatorial, et quelques gaz nocifs échappés d'une soupe au choux clandestine) serait meilleur qu'un petit mexicain qui a ramené lui-même son chocolat, après un crochet touristique par le Guatemala ?

Mais c'est aussi absurde que vouloir nous persuader qu'on peut boire du café dans des gobelets en plastique mal recyclables, ornés d'une sirène nordique (moche, au demeurant – je le dis comme je le pense) !!!

****

Si tu as des trous dans le cerveau, tu es un malade emmental.

Poly-trique

Manipulation épisode 84

A joindre en annexe à la théorie du complot n°103

Disons que je veux faire passer une loi sécuritaire qui autorise la reconnaissance faciale (ce qui engendre de telles quantités de données à stocker que la surveillance de son utilisation est juste impossible), qui donne des missions de service public à des entreprises privées (qui donc n'auront pas les mêmes objectifs et surtout seront forcément plus dociles – enfin, pour l'instant on est quand même loin d'une police qui protège le peuple… mais déjà ils râlent pour leur propre condition… ce qui est déjà trop) et tout un tas d'autres trucs pour garder la société sous contrôle…

Evidemment si j'annonce ça, de but en blanc, ça va gueuler… Non, ce qu'on va faire c'est qu'on va rajouter un truc qui dérange les seuls qui pourraient encore nous gêner un peu s'ils faisaient leur boulot : les journalistes.

Un truc bien « premier degré » … On va les empêcher de filmer ! Du coup, là, ça va être tellement gros qu'ils vont gueuler (au besoin on suggèrera à certains journaux de nos amis – tous, en fait – de ne pas censurer la colère de leurs journalistes – pour une fois). Bon, on ne cèdera pas de suite… ça aussi ça fait partie de la manip… Faut laisser le temps à tous les organismes de bonne conscience2.0 de se raccrocher au truc. Et quand tout le monde est bien remonté… on enlève l'article… et tout le reste passe…

Parfois je me demande si les gens sont vraiment aussi cons… Non, en fait, non… Je ne me le demande pas…

****

Liberté d'expression : les censeurs (sont) pour l'échafaud.

****

Vous allez passer directement du télétravail à la téléretraite… ou au téléchômage…

Ani-mots

ENFIN !!

C'est désormais officiel, le 6 décembre sera « La Journée Internationale Sans Photos De Chats ». Une décision historique qu'à titre personnel j'attendais depuis des années (même si je n'avais pas de date favorite).

Bon ok, j'ai dû faire du lobbying auprès de pas mal d'organismes curieusement muets sur ce sujet depuis des années. C'est vrai quoi ! Pourquoi l'OMSM (Organisation Mondiale de la Santé Mentale) refusait-elle de se pencher sur cette pathologie étonnante qui consiste à traiter certains animaux comme des enfants de la famille – catégorie enfant-roi, à accepter tout de leur part, à ranger son cerveau dans un tiroir chaque fois qu'il s'agit de ces envahisseurs de calendriers des PTT ? Et la Grosse Commission Européenne, elle ne pouvait pas faire un cabinet pour s'occuper du problème ? Et l'UNICEF (Union Notoirement Incompétente sur les Chats Et Félins), elle ne pouvait pas s'occuper enfin de vrais problèmes comme les droits des humains à utiliser leur cerveau pour refuser cette nouvelle forme d'esclavage ?

Ce ne fut pas facile. J'ai dû, certes, graisser des pattes (expression adéquate). Faut dire que de gros intérêts financiers sont en jeu… Le marché des accessoires, nourriture, etc… pour les chats est très puissant (et très rentable). Mais bon, c'est un début… même si le but est quand même d'obtenir « L'Année Internationale Sans Photos de Chats ». J'œuvrerai inlassablement pour délivrer vos cerveaux de cet esclavage à ces créatures poilues, vicieuses, autoritaires, même pas reconnaissantes, qui ne branlent rien de la journée, squattent la meilleure place sur le canapé, laissent des poils partout pour vous obliger à faire le ménage, etc…

En même temps… Je ne suis pas naïf… Je sais qu'il va falloir du temps pour vous rééduquer, vous réapprendre à vivre par et pour vous-mêmes… Et je ne doute pas que cette première journée officielle sans photos de chats soit problématique. Il semblerait que certains mouvements de résistance prévoiraient, au contraire, de multiplier ce jour-là les photos de chats... Pas grave... La vérité triomphera... même si cela prend un peu de temps...

Sur ce, bon dimanche... si vous lisez un dimanche.

****

Sociologiquement, un mouton est une « bêle » personne.

****

Le corps beau et le renard argenté... Fable dérisoire...

****

Ovidé : Mammifère ongulé ruminant du type du mouton.

Bovidé : Mammifère ongulé ruminant du type bœuf ou mouton, etc....

Covidé : Mammifère ongulé (c'est pas plutôt enc...) ruminant sa vengeance mais pour l'instant, plus proche du mouton...

Cuisine de fêtes – Défaite électorale – Râle tout le temps…

Pour les trois qui ont demandé… les autres ne lisez pas… Ben, je ne sais pas, faites autre chose : regardez la télé, tricotez, jouez aux cartes, ce que vous voulez… Ou allez directement au chapitre suivant !

Donc, pour les proportions je suis toujours assez partisan de l'à-peu-près… d'abord parce que ça permet de ne pas avoir toujours exactement le même goût (c'est bien les surprises, non ?) et aussi parce que, selon les ingrédients, ça peut être compliqué. Là, par exemple je vais vous dire de prendre 400g de carottes… mais bon, à moins de faire des découpages méticuleux, vous n'aurez jamais 400g. Donc, à-peu-près 400g de carottes ; environ les 2/3 du poids des carottes en sucre en poudre (semoule, roux, comme vous voulez) et le même poids de poudre de coco que de sucre (ou à-peu-près).

Epluchez et couper en morceaux de la taille d'une clé USB (c'est pour varier un peu les unités de mesure – mais dans l'ensemble, ça devrait être le bon format). Oui, les carottes, pas le sucre en poudre.

Mettez dans une casserole, couvrez d'eau et faites cuire jusqu'à ce que les carottes soient cuites (Enfin vous allez pouvoir dire « les carottes sont cuites » - s'il vous reste un casque de la dernière guerre, c'est l'occasion ou jamais), c'est-à-dire assez molles. Egouttez les et laissez les quelques minutes sur un sopalin (ou une autre marque) pour absorber le trop plein d'eau. Ecrasez ! Non, pas vous, les carottes… à la fourchette, au mixer, au pilon, au presse-purée comme vous voulez pourvu que vous obteniez une sorte de purée de carottes plus ou moins grossière (tout en restant poli).

Dans un plat que vous avez et qui peut s'appeler saladier, tian, cul de poule (toute autre particularité locale est acceptée) mettez les carottes (ce qu'il en reste), le sucre et la poudre de coco… et un peu de cannelle (poudre). Malaxez tout ça jusqu'à obtenir un truc orange avec des taches blanches et un peu épais (mais pas trop) … Laissez reposer le mélange le temps de faire une sieste ou un apéro, selon vos goûts… mais faut quand même que ça dure environ une demi-heure… Un apéro ?

Dans une petite coupelle (ou une assiette – je ne sais pas ce que vous avez à la maison) préparez un mélange sucre glace et poudre de coco (moi je fais moitié-moitié mais c'est parce que je suis très porté sur l'équité et la pizza … mais vous pouvez faire autrement).

Avec votre préparation orange (si elle n'est pas orange c'est qu'il y a eu un problème quelque part – appelez le dépanneur de carottes ou bien, si vous n'en connaissez pas, la personne exerçant la profession la plus proche - le réparateur de laitue pourrait faire l'affaire). Donc, avec votre préparation orange faites des boules de la taille d'un calot ou d'une mirabelle, pas trop gros donc, mais pas trop petit non plus… Et roulez ces boules dans le mélange sucre glace / coco … Disposez sur un plat et mettez au réfrigérateur (oui, c'est meilleur froid).

Voilà, c'est tout ! Et si vous n'y arrivez pas… ne m'appelez pas ! Je ne suis pas dépanneur de carottes !!

****

Et donc… Mairie de Marseille épisode 2 :

Michèle, allons voir si la rose,

Dont plus personne n'épouse la cause,

Ne pourrait, d'un tour de passe-passe,

De ceux si souvent décriés

Dont notre parti est coutumier,

A la Mairie prendre ta place…

Las, voyez comme en peu de temps

Se trouve balayé ce printemps ;

Les votes pour une nouvelle pratique,

Pour faire chuter du piédestal

La vieille équipe municipale,

Déjà bafoués par l' politique.

Donc, si vous me croyez Michèle

Tandis que monte la querelle

D'un électorat maltraité,

A nouveau par des socialistes

Toujours revenant sur la piste,

Quittez ce printemps dévoyé…

****

Un rentier… c'est un bourgeoisif ??

Altitude

Dieu a trois principaux défauts :

Le premier est d'avoir créé l'homme à son image. Un type qui serait capable de créer la vie et qui fabriquerait des mecs en short qui boivent de la bière dans les stades ??? Ça ne serait pas un peu du gâchis… Ce n'est juste pas possible… Si tu es assez con pour créer ça… en fait tu es forcément trop con pour y arriver…

Son deuxième défaut c'est d'exister. C'est très con parce que ça crée des conflits avec ceux qui se sont arrêtés au premièrement et qui savent bien, du coup, qu'il ne peut pas exister…

Son troisième défaut c'est de ne pas exister. C'est totalement con parce que ça crée des conflits avec ceux qui se sont arrêtés au deuxièmement et croient qu'il existe… alors même que le premièrement aurait déjà dû leur ouvrir les yeux…

Bon il en a encore 666 autres (j'ai fait une liste), mais en principe, juste avec ça, je devrais arriver à me fâcher avec assez de monde et faire le plein de détestation cordiale.

Je vous ai déjà dit que, plus que l'idée de Dieu encore, qui après tout n'y est pour rien, j'exècre les croyants ?

****

Les seules vérités partant du haut vers le bas sont la pluie et la neige.

Tulipes… ou pensées… des fleurs, quoi !

La pensée de René Descartes « Je pense donc je suis » rencontra très tôt la contradiction. Déjà, dans sa propre demeure il devait faire face à l'hostilité de sa gouvernante portugaise : « Monsieur René, ne faire jamais le ménage ! C'est moi j'essuie, alors c'est moi je pense ».

Son propre voisin se targuait lui aussi d'une pensée philosophique, qu'il appelait concrète, et l'attaqua pour plagiat car il avait coutume de dire « Je mange donc je chie », ce qui était peut-être moins élégant, mais pas dénué d'un certain fondement (non pas celui auquel vous pensez) et assez voisin (forcément) au niveau de la construction grammaticale. L'histoire ne retiendra malheureusement pas son nom…

****

Les gens posent des questions parce qu'ils veulent connaitre la vérité… Moi je veux juste savoir qu'elle est la vérité que l'on choisira de me dire…

****

Si à cinquante ans tu n'es pas mort du Covid, tu as raté ta vie (NicoSarko)

Trucs et astuces

Phrase à la con n° 127:

"Aller trop loin est la seule manière d'arriver quelque part."

Evidemment il faut affirmer cela avec un ton qui ne souffre pas la contradiction, comme si c'était une évidence aussi incontestable que le fait que seul le pain au chocolat existe, la chocolatine n'étant qu'une tentative désespérée de certains boulangers exilés dans des contrées hostiles pour exister face à l'adversité...

Pour renforcer les chances de la phrase à la con d'accéder au statut de phrase intelligente (au sens de l'intelligentsia bobo - pas DJ Bobo... encore que) il est recommandé de faire suivre la phrase d'un nom entre parenthèse qui pose un peu le truc, entre l'autorité incontestable reconnue pour son esprit acéré et la justesse de ces jugements et le comique troupier, reconnu pour la dérangeante vérité de ses assertions...

On peut aussi opter pour le côté plus ésotérique en mentionnant une référence, du type mythique (voire mythologique), façon ouvrage perdu mais incontournable qui fait frissonner le connard crédule qui sommeille en chacun de nous...

Le mieux est quand même d'inventer cet ouvrage pour que personne ne puisse vérifier. Par exemple un truc du genre "Les versets apocryphes de Julius l'Ancien".

Rajouter des chiffres pour évoquer un chapitre où un paragraphe, voire une ligne (on s'en fout puisque ça n'existe pas de toute façon), par exemple v.17 a.66...

Donc si vous optez pour cette solution ça pourrait donner:

« Aller trop loin est la seule manière d'arriver quelque part (Les versets apocryphes de Julius l'Ancien v.17 a.66). »

Allez, longue vie à toi phrase à la con n°127...

Politique étrangère

Washington :

Capitale, Capitole, capitule…

****

Le 6 janvier aux USA, c'est un peu comme notre journée du Patrimoine… tu peux visiter des monuments…

****

Politique et culture française

Message inutile n°14:

Pour les personnes férues de vocabulaire préfectoral, vous trouverez à la page 131 de "Beau comme un aéroport" (The long dark tea time of the soul - Douglas Adams) dans l'édition Folio SF… le mot "Bamboche"… Pour le cas évidemment où ça intéresserait quelqu'un…

****

Quand j'entends le mot « couture », je sors ma machine Singer…

****

Je préfère le wham bam thank you ma'am… au bam boche.

****

Vrac

La nuit, tous les chats m'ennuient. Le jour aussi, mais il n'y a pas de proverbe qui commence par « le jour, tous les chats… ».

****

Il est 18 heures…

1,2,3, SOLEIL !!

****

Néo libéralisme : tout travail mérite un sale hère…

****

Les blagues de régime c'est franchement moins drôle. Par exemple, si je dis « le lapin ça édulcore » … C'est beaucoup moins amusant (voire pas du tout).

****

A chaque jour suffit sa benne, dit l'éboueur de l'âme…

****

Le beau veau de la sécurité c'est à cause des flics qui jouent les cowboys ?

****

Hétéroclite, c'est bien un mec qui préfère les préliminaires ?

****

Si tu n'es pas brillant, l'échec est mat.

****

SMIC : On ne peut pas avoir le labeur et l'argent du labeur.

MODE D'EMPLOI

D'abord, il y a des questions que tu dois te poser et auxquelles il te faudra répondre.

Obligé ? Non, ce n'est pas obligé. On peut faire sans. Plein de gens font « sans ». Tous les jours. Les journaux en sont pleins. Mais on va dire que si tu ne le fais pas, tu ne sauras pas si tu exprimes vraiment une volonté ou s'il s'agit juste d'une décision, d'un simple choix comme tu peux le faire quand tu choisis de manger du poisson plutôt que de la viande...

Oui, je fais une différence entre les deux. Tu peux décider de faire ceci ou cela, maintenant, plus tard, mais tu n'exprimeras une volonté que si, justement, tu as répondu, par avance, à ces quelques questions. C'est autre chose que de se dire, j'ai pris une décision en toute connaissance de cause, ce qui, très souvent, veux juste dire que tu t'es demandé « est-ce que vraiment je veux faire ça ? ». En envisageant une ou deux conséquences possibles, une ou deux raisons potables. Au mieux...

Après, tu vois, je ne suis pas prof alors je n'ai pas fait un plan pour dire grand 1, petit a et mettre les questions dans l'ordre. Je ne me les suis peut-être même pas posées dans cet ordre. Mais je me les suis toutes posées. Et j'y ai répondu. À toutes.

Et tu vois, là, en parlant, je me dis qu'il y a quand même un peu comme une sorte d'ordre qui vient assez naturellement. La question du « comment », par exemple, ce n'est pas au début que je me la suis posée. Ni même celles du « qui » ou du « quoi ». La première question que je me suis posée c'était : est-ce que certaines personnes méritent de continuer à vivre ?

C'est une question plus étrange qu'il n'y paraît, parce que... ce n'est pas juste un problème de bien ou de mal en fonction de critères, objectifs ou pas, comme une sorte de prisme au travers duquel tu regarderais les actions de cette personne. Enfin, peut-être pour toi la question se poserait-elle en ces termes ? Pas pour moi. Ça n'a jamais été mon propos.

Mon questionnement n'est pas celui des actes d'un individu par rapport à une morale. Ça, finalement, ce serait une vision assez personnelle. Et tu vois, c'est peut-être là que se situe cette différence que je fais entre décision et volonté. La décision, tu peux la prendre en fonction d'éléments, de raisons qui te sont propre quand la volonté s'adresserait plus à une sorte d'universalité. Je vais préciser, parce que c'est important de bien faire cette différence. Tout est peut-être là, en fait…

Est-ce que certaines personnes méritent de continuer à vivre ? Est-ce que ce mec, qui bat sa femme, est-ce que ce mec qui profite de sa force physique ou mentale et provoque ainsi des traumatismes qui ne s'effaceront pas au bout de quelques jours, quelle que soit le remède, le traitement utilisé, ce mec-là, il mérite de continuer à vivre ? C'est quoi l'argument qui te fait dire « Oui » ? Dieu ? Dieu seul a le droit de reprendre la vie ? D'accord, tu sais quoi, celle-ci on va la mettre de côté. Non, pas pour l'instant. On va la mettre de côté vraiment parce que défendre la vie au nom d'un Dieu c'est quand même piétiner allégrement, joyeusement, gaiement, insupportablement, inexorablement, pitoyablement, de la plus hypocrite des manières qui soit, toutes les vies qui ont été prises en son nom. En leurs noms.

Voilà, on écarte. Ça m'évitera de m'énerver et d'agir sans avoir répondu aux questions. Comme je te disais au début. On ne répond pas toujours.

Alors quoi ? L'humain ? On perdrait notre humanité en interrompant sa vie ? On laisserait parler notre côté animal ? On ne serait plus assez « civilisé » ? Tu veux joindre ça au débat sur la peine de mort ? Allez, OK, si tu veux, mais en fait, de tout ça, on s'en fout, non ?

Ben oui, si tu me dis qu'il mérite de continuer à vivre, je m'en fous. Je m'en fous parce que ce type-là, qui n'est qu'un exemple, je peux considérer qu'il ne mérite pas de vivre, mais si je le tue, ce sera juste une décision que je pourrais prendre, parce qu'elle me semble juste, ou en y réfléchissant, en m'y préparant, en programmant, en anticipant, ou pas d'ailleurs, simplement comme ça, sur un coup de tête… avec des raisons, forcément… mais une volonté ?

Non. Enfin, pas comme je le conçois…

Parce que ce type est certes nuisible, mais malheureusement son pouvoir de nuisance ne s'arrêtera pas avec sa disparition. Parce que sa suppression ne va pas mécaniquement résoudre les problèmes qu'il a pu créer.

Mais, évidemment, tu comprends bien que je n'estime pas qu'il mérite de continuer à vivre. Simplement, même si, effectivement, je pourrais prendre la décision de donner un terme à sa vie, je n'en ai pas vraiment la volonté.

Est-ce que certaines personnes méritent de continuer à vivre ? Lui, par exemple, avec son Audi A4. Tiens, je fais une parenthèse et je préfère t'avertir d'emblée que je vais en faire quelques-unes, parce que tu vois, même si le sujet est intéressant, il faut savoir faire des pauses. C'est nécessaire. Tu ne le perçois peut-être pas encore mais si je ne le fais pas maintenant, c'est toi qui le demanderas après ; ou alors tu vas décrocher et ce serait dommage. Enfin, dommage pour toi, parce qu'après tout, c'est toi qui veux savoir. Moi, je sais déjà.

Tu sais qu'il n'existe que trois catégories de personnes qui conduisent des Audi A4 ?

D'abord, les bourgeois à l'âge de la retraite, ceux qui sont nés avec l'argent de la famille et qui, arrivés à ce moment particulier de leur vie superflue, s'essaient un peu à la discrétion ; mais tout en gardant un certain standing, un certain confort. Difficile de s'en passer. Ils n'essaient plus de t'éclabousser avec l'argent qu'ils n'ont pas gagné.

Ils se contentent d'en profiter. Ils sont Audi A4 pour la solidité allemande, la position sociale.

Ensuite tu as les arrivistes un peu falots. Ceux qui sont parvenus au prix d'un mélange de travail et de soumission, qui essaient de prendre une revanche sur une jeunesse insignifiante, dans un milieu modeste, en tout cas inférieur à celui auquel ils aspirent et qu'ils estiment avoir atteint. Pour eux, c'est une façon de montrer leur changement de statut social, leur ascension, le niveau auquel ils sont… parvenus ? Etaler ce fric, symbole de la respectabilité désirée, jalousée, enviée, arrachée à la force de leur poignet de branleurs d'idées préconçues, inculquées dans le moule d'une médiocrité plébiscitée.

Et les derniers, oui, les derniers, ce sont les petits truands frimeurs, dealers des cités, caïds en devenir, tout dans la provoc, rien dans la tête. Bon, là, pas la peine de te faire un dessin, tu dois savoir de qui je parle. Quand ils sortent de leur territoire, tu les croises aux terrasses des cafés branchés, façades navrantes d'une société merdique. Bref, Audi A4 c'est une valeur sûre si tu cherches des inutiles, mauvais par choix, mauvais par tradition, ou prêts à l'être… Tu ne me crois pas ? Ce n'est pas grave, de toute façon, comme je te disais, c'était juste pour faire une pause…

Donc, à la question « est-ce que certaines personnes méritent de continuer à vivre ? », j'ai répondu : Non. Evidemment non ! Et pas forcément en pensant aux mêmes personnes que la plupart des gens, pas forcément les nuisibles évidents, mais là, déjà, ça pose un problème. Tu sais, ce vieux problème de la liberté… celle qui s'arrêterait là où commencerait celle des autres. Mais tu fais quoi, toi, quand elle ne veut pas s'arrêter ? Non, on ne va pas aller là-dedans maintenant, parce que sinon on va s'éloigner du sujet et puis, ça fait partie des questions que tu peux te poser après, plus tard. Il y a toujours des questions à se poser, comme un vieux réflexe scolaire. Et d'autres à ne pas se poser si tu veux agir.

Certaines personnes ne méritent pas de vivre. Quand tu as dit ça, l'autre question qui vient juste après c'est : que se passe-t-il si elles meurent ? Les actes qui faisaient que, pour toi, elles devaient mourir vont cesser. C'est un fait qui semble acquis. En tout cas, c'est le but premier. Ce n'est pas toujours totalement vrai mais on ne va pas passer notre temps à ergoter sur les exceptions donc, disons que c'est bien le cas.

C'est à cette question qu'il faudrait répondre maintenant. Mais ce n'est pas si simple. En réalité plusieurs questions se posent en même temps, car les réponses aux unes dépendent des réponses aux autres ou les conditionnent. Tu vois, ce n'est pas si facile à expliquer. Sans doute parce que pour moi certaines réponses sont évidentes. Mais je sais bien qu'elles ne le sont pas pour tout le monde. J'ai juste tendance à l'oublier, parfois.

Effectivement, la vraie, la première question qui détermine tout c'est « suis-je capable de tuer ? ». Pas d'un point de vue physique ou technique, là aussi, c'est une question de détails, non, juste, est-ce que je suis capable de vivre avec l'idée de le faire et avec l'idée de l'avoir fait. Est-ce que ça heurte l'idée que je me fais de qui je suis ou de qui j'estime être ? Est-ce que ça va changer le regard que je porte sur ce qui m'entoure ? Est-ce que, si ça change quelque chose, je peux assumer ce changement ? Voire, est-ce que ce n'est pas, finalement, ce changement qui est mon but et ce que je veux vraiment ? Et tuer remettrait les choses à leur place. A la place qu'elles doivent occuper…

Ce n'est pas une question facile. Et pourtant elle est essentielle. Tu sais, souvent les gens pensent que c'est compliqué. Bien sûr ça peut l'être, mais c'est surtout parce qu'ils ne répondent pas à la bonne question. Ils se disent, comment vais-je faire, est-ce que j'en aurai la force, est-ce que je ne vais pas avoir peur, m'y prendre mal et comment vais-je échapper aux conséquences ? Parce qu'en réalité, avant même de savoir s'ils étaient capables de commettre cet acte, ils ont choisi leur cible. Parce que c'est le but qui détermine leur action. Et ça, tu vois, c'est prendre le problème à l'envers. Peut-être as-tu l'impression que je suis un peu en train de me répéter là, mais c'est parce que c'est vraiment la base. C'est primordial.

Les deux points de départ !

Certaines personnes doivent mourir.

Il ne faut pas juste en accepter l'idée, il faut être convaincu que c'est normal, essentiel, indispensable… Il faut le faire, quoi.

Et intégrer l'idée que ça peut être à toi de le faire. Que c'est, quelque part, un peu ton rôle. Pas comme une mission, le truc décidé à ta naissance par des forces occultes ou toute autre connerie du genre… non, ça c'est bon pour les romans ou pour les divans de psy subventionnés par la Sécu… mais juste parce que chacun doit faire quelque chose… ce qu'il est capable de faire.

Peut-être, plus tôt, à un autre moment, dans d'autres circonstances j'aurais pu hésiter, reformuler, tordre cette question dans tous les sens pour lui faire dire autre chose. Essayer de biaiser. Comme quelqu'un qui chercherait à se piéger lui-même en se mentant, se voilant la face. Mais pas cette fois. Pas à ce moment-là. Je n'avais qu'une seule réponse et c'était « Oui ». Je peux. Le faire et l'assumer.

Je ne vais pas te dire que ça ne mériterait pas qu'on s'y attarde un peu. A chaque question on pourrait développer, peser le pour et le contre… Enfin, comme on fait pour tout, quoi. Mais pas aujourd'hui. Non, ce n'est pas une question de temps. J'ai le temps. Tu crois que je ne l'ai pas ? Ne crois pas ça. Tu le feras, toi, si tu veux, quand tu te poseras la question. Parce que tu te la poseras. Mais pour moi, ma réponse me suffit.

Et donc, tu vois, on peut revenir à la question des conséquences de cette mort. Mais à ce stade, ce qui compte, ce n'est pas toi. Dis-toi que tu dois analyser cela sans tenir compte de ton implication. Help ? On fait une pause ? Non, j'ai bien vu que tu étais en train de décrocher au moment où j'évoquais les conséquences et le fait de pas être concerné par elles. Parce que, spontanément, ce qui t'inquiète ce sont les conséquences pour toi. Ce n'est pas grave. Ça veut juste dire qu'aujourd'hui tu ne serais pas prêt. Tu n'aurais pas pu répondre « Oui ». Tout simplement parce que tu serais incapable de l'assumer.

Les conséquences. A mon sens c'est le point le plus important. Oui, on dirait bien que tous les sujets qu'on aborde sont les plus importants. Mais c'est comme ça. Parce que, tu vois, même quand tu as répondu « Oui » aux deux questions précédentes, ça n'est pas totalement anodin pour autant. Être capable de donner la mort, ça ne veut pas dire que la mort devient quelque chose de banal. On ne tue pas n'importe qui, n'importe comment, sans raison, juste parce qu'on a compris qu'on était capable de le faire. Enfin, je te dis ça, mais ce n'est pas rigoureusement exact. Tout dépend des gens. Aussi bien des gens à tuer, d'ailleurs, que de qui les tue. Rien ni personne ne se range aussi facilement dans des cases.

Si je veux être vraiment honnête avec toi, ce que je vais te dire c'est essentiellement mon point de vue, ma façon d'envisager les choses. Peut-être que d'autres voient ça autrement, pourquoi pas après tout, mais, sans vouloir me vanter, je crois que dans ce domaine je suis au moins un petit cran au-dessus de pas mal de personnes. Et à plus d'un titre. Sinon, on ne serait pas là, non ?

Les conséquences c'est ce qui doit et va déterminer ta cible. Et d'accord, il y a bien un petit élément qui fait que tu dois envisager les conséquences sur ta personne. C'est qu'effectivement, si tu prends le temps de te poser ces questions, réfléchir à tout ça… ce n'est pas pour faire du « one shot ». Ce serait un peu dommage, non ?

Allez, tu sais quoi ? Je vais essayer d'être totalement transparent avec toi. Tout ce que je viens de t'expliquer sur le questionnement, la réflexion, au début, réellement, ce n'était pas aussi clair pour moi qu'aujourd'hui. Vraiment. Pour tout dire, la première fois, je n'avais pas réellement abordé tous ces sujets. Bien sûr, j'y avais pensé et je savais, même si c'était encore un peu confus, où je voulais aller, ce que je voulais faire… la décision était presque prise… mais la volonté n'était pas encore là.

La volonté, parfois, elle a besoin d'un petit coup de pouce, d'un hasard amical.

Les conséquences. Un psy te dirait sans doute que c'est une question d'ego (tellement pratique) et que le mien est surdimensionné, envahissant, qu'il bouffe tout sur son passage et que, probablement, un dimanche où il ne savait pas quoi faire, il a dû dévorer mon cœur, à l'heure du thé, par temps gris. Tu sais quoi ? On ne tue pas assez de psys. Non, c'était une parenthèse… mais pas dénuée d'un certain fond de vérité.

Les conséquences sont plus importantes que l'acte. L'acte est juste une roue dans un engrenage. Une roue importante, c'est vrai. Mais ce qui compte c'est l'engrenage, toutes ces roues dentées qui s'entraînent l'une, l'autre. Ce qui compte c'est la multiplication. L'effet. Les conséquences.

En réalité, ça va peut-être te surprendre, mais je suis tout le contraire d'un mec égocentrique. Je suis un pur idéaliste… mais j'ai fini par comprendre que le chemin le plus court pour atteindre un idéal ne respecte, généralement pas, les exigences morales de cet idéal. On peut le regretter. Mais c'est comme ça. Il faut déjà que tu le comprennes et ensuite, il faut que tu l'admettes. Que ça devienne pour toi une vérité inaltérable, indiscutable. Une évidence. Un peu comme disaient les romains « si tu veux la paix, prépare la guerre - si vis pacem, para bellum ». Mais au niveau de l'individu. À taille humaine.

Moi, ce que je déteste, au-delà de tout, c'est ce constat que tu peux faire tous les jours : la loi du plus fort l'emporte. Toujours. Partout. Tout le temps. Et la loi du plus fort c'est aussi, à sa façon un engrenage. Plutôt un empilement d'ailleurs à mon avis. Une force d'un côté… J'en rajoute une couche en face. Alors j'en rajoute encore plus. Ah c'est comme ça ? Alors j'en rajoute encore. La loi du plus fort n'a pas de camp. C'est juste la loi du plus fort. Un jour d'un côté, un jour de l'autre. Tu ne peux pas vaincre la loi du plus fort. Tu peux juste t'en emparer et l'utiliser à ton tour.

Et ça, je sais bien qu'un individu ne peut pas le faire.

Alors, quoi ? Rien ? On ne peut rien faire ?

C'est ce que j'ai longtemps cru. Jusqu'à ce que, petit à petit, je comprenne quelle était la seule chose qui puisse tenir la loi du plus fort en échec. Evidemment pas la battre au sens littéral. Mais la rendre inutile, inutilisable, lui ôter toute efficience.

C'est assez simple en fait. Et là aussi il s'agit, on pourrait dire, de s'attacher aux conséquences. De voir plus loin, de voir l'après. Derrière.

Quand quelqu'un utilise la force, ce qu'il fait en réalité, c'est qu'il crée la peur. Le problème n'est plus la force, mais la peur de l'utilisation de cette force. La peur… La peur c'est ce que tu dois viser si tu veux que les conséquences de ton acte dépassent le simple résultat immédiat. La peur est le vrai pouvoir. Si tu veux que des choses changent dans le sens que tu souhaites, ce que tu dois utiliser… c'est la peur. L'utilisation d'une force minime peut te permettre de créer la peur.

La force, pour dominer, a besoin de se montrer, d'étaler sa supposée puissance pour créer la peur. Mais la peur est à ta portée si tu en as la volonté.

Mais je crois qu'on va devoir entrer un peu dans les détails si je veux que tu saisisses précisément comment les événements se sont enchaînés pour, en quelque sorte, donner vie à cette histoire.

Au début était la fin.

D'une certaine manière, on pourrait presque dire ça. Pas simplement pour faire un bon mot ou par esprit de contradiction, mais juste parce que le début de cette histoire est la fin d'une autre. Ou presque.

Dans ma famille, tout le monde meurt du cancer. Tu fumes ? Tu ne fumes pas ? Ce n'est pas grave, des cancers il y en a pour tout le monde. Ils doivent avoir un super service marketing chez Cancer & Co. Toujours sur la brèche. Réactifs. Savoir tirer parti des éléments, c'est ça le secret. Un coup de mou sur le tabac ? Un coup de pouce à la pollution, un petit boost sur les conservateurs et leurs inséparables amis, les perturbateurs ! Faut pas se laisser démonter. L'adversité, ça t'aide juste à franchir un cap, à t'améliorer. Putain d'enculés de batards !

(silence)…

Et donc, le cancer, je sais ce que c'est, je sais ce que ça fait. Même quand tu ne veux pas regarder, tu es bien obligé de voir. Je sais aussi ce que font les traitements, je sais la rigidité des protocoles, j'ai vu les effets secondaires qui, tels des outsiders dans la quatrième, viennent griller la politesse à la maladie officielle dans la dernière ligne droite… Et l'emportent haut la main… Qui pourrait en vouloir à des médecins de suivre des protocoles qui leur garantissent une absence de risque judiciaire ? Les malades ? Ils sont morts. La famille ? Protocole, on vous dit… Vous voyez le code de la route ? Imaginez le code de la médecine… Pareil. Tu ne passes pas au rouge. Mais ? Il n'y a personne. Tant pis, tu restes là et tu rates ton rendez-vous avec le reste de ta vie.

Donc, j'ai toujours su qu'un jour viendrait mon tour et que pour ce jour-là, mon choix était clair, net et définitif (terme adéquat s'il en est). Si mon corps voulait se défendre, il ne devrait compter que sur lui-même. Un peu par principe, un peu par défiance. Victimisation ? Non. Quel intérêt dans cette situation. Victimisation, ça voudrait dire, partir perdant ! Alors non, à tout prendre, orgueil, fanfaronnade, panache, pourquoi pas… ou juste… peur… abréger la souffrance plutôt que la prolonger sans espoir véritable.

On dit souvent que les dates importantes restent gravées en toi. Soit ce n'était pas très important, en somme, soit je ne retiens pas les dates. Disons que c'était peut-être un jeudi et sans doute la dernière visite à la médecine du travail avant la retraite. Une histoire de grains de beauté qui pourraient bien ne pas en être. Mon médecin traitant ? Non, je n'en ai pas. Pourquoi ? Qu'est-ce que vous voulez que je réponde à ça ? Je n'ai pas vu de médecin depuis qu'un gouvernement quelconque, je ne sais plus lequel, a trouvé ce truc du médecin traitant pour essayer de grapiller quelques économies – ou de rajouter des trucs à la charge du malade qui ne serait pas assez docile. Ça aussi, j'aime bien !

Tiens, on va faire une pause… Parce que ça me fait penser à un truc qui m'est arrivé il y a quelques années. Non, ça n'a pas vraiment de rapport, enfin si, un peu quand même. Par son côté absurde et stupide. Tu as une mutuelle ? Forcément, c'est quasi obligatoire maintenant. J'en ai une aussi. Et comme je te disais, je n'ai pas vu de médecin depuis des années, sans doute des décennies, même. Donc je paie, mais je ne coûte rien à la mutuelle. Le truc qu'une entreprise devrait apprécier. L'abonnement inutilisé. Le contrat d'entretien à fonds perdu. L'assurance sur la vie que tu résilies après avoir réglé tes mensualités pendant des années.

Chaque année tu reçois une attestation qui dit à quoi tu as droit et pour quelle période. Et tu as ta carte, ta Visa médicale. Cette année-là, pour une raison certainement excellente, j'ai reçu une nouvelle carte. Au fond du tiroir, avec la précédente. Et j'ai commencé à recevoir des mails disant qu'il fallait aller l'activer. Et pourquoi ne la reçoit-on pas déjà activée. Ça sert à quoi que j'aille la passer dans une borne ? C'est pourquoi qu'on sache que je suis capable de marcher jusqu'à la borne ? Pour finir, il fallait l'activer sinon, je n'aurais plus de mutuelle. Bref, ils trouvaient normal de résilier une personne qui leur rapportait sans rien leur coûter, parce que celle-ci ne voyait pas pourquoi elle devrait aller activer une carte alors qu'il aurait été si simple d'adresser une carte activée. Pas besoin de suivi des cartes. Pas besoin de mails de relance. Pas besoin d'être aussi con et continuer à encaisser pour une prestation que tu ne rends pas.

Mais bon, même si je n'en vois pas pour des raisons médicales, j'ai quelques amis médecins. Des souvenirs d'école. Et j'ai aussi une sorte de curiosité tranquille. Alors pourquoi ne pas savoir, après tout ? Et quelques semaines plus tard je pouvais respecter le serment que je m'étais fait : ne pas me soigner.

Et commencer une vie dans laquelle tu n'as plus peur de la mort puisqu'elle ne peut plus te surprendre. Elle t'a fixé un rendez-vous. Bon d'accord, c'est un rendez-vous de plombier, pas spécialement précis, mais quand même.

Si tu admets que tu vas mourir, ce qui est souvent ta plus grande peur s'éloigne. Et tu peux réfléchir à ce que tu veux faire de la vie qu'il te reste. Tu me diras, il faut réfléchir vite. Oui… Mais j'avais réfléchi avant. Et là, c'était plutôt comme un top départ.

Les conséquences. On y vient. Comme je te disais, une fois que tu as écarté les conséquences immédiates, pour toi comme pour l'entourage proche, on peut aborder ce qui me semble important c'est-à-dire les domaines où la peur est la seule chose que tu puisses opposer à la force. Dans le monde dans lequel on vit aujourd'hui, tu as certainement constaté que, alors que tout semble plus verrouillé, plus sécurisé, plus judiciarisé, normé, etc… finalement, tout cela ne s'exerce pas pour le bien d'une société qui se veut civilisée, mais uniquement au service du plus fort. Pas du plus fort physiquement, encore que, à court terme, c'est bien ce qui se passe, mais du plus fort financièrement. Et, je ne sais pas ce que tu en penses, mais, moi, ça ne me convient pas. Non, ce n'est pas nouveau, ça ne m'a jamais convenu. Mais la volonté me faisait défaut. C'est de cela dont je te parlais au début. La volonté. Indispensable… Et à ce moment-là, c'est devenu évident. J'avais la volonté. Une première marche… mais tout paraissait plus facile.

Les conséquences... La conséquence... La peur ! J'ai eu de la chance. Il en faut. Mais là tu te dis, qui ? quoi ? comment ? Et j'ai presque envie de te dire : le hasard. Pas un hasard total. Mais le hasard est une composante de la peur, une sorte de catalyseur.

Je reprends ? Dans l'ordre ? D'accord. Quel est le but ? Quelle est la cible ? Je sais, tu te dis, c'est trop gros, c'est n'importe quoi, mais tu sais quoi ? C'est comme pour eux ! Plus c'est gros, plus ça passe. Je vais jouer leur jeu.

Changer la société. C'est l'enjeu. Banal. Certes. Mais pour autant c'est bien la chose la plus importante à faire. Le problème, c'est le moyen. Moi, je pense qu'il existe un moyen et que ce moyen s'appelle la peur. La peur c'est ce qui reste quand tu crois avoir fait tout ce qui était possible pour détruire ton adversaire ou, à tout le moins, pour te protéger. Bien sûr la force participe à la création de la peur mais, comme on dit, elle n'est pas nécessaire et suffisante. Non, pas suffisante, aucun doute là-dessus. Et nécessaire, oui, mais pas toujours de manière très importante. Ce qui est indispensable pour créer la peur c'est le hasard, le doute, la surprise, l'absence de logique.

Non, la justice, la civilisation, tout ça, tu vois, ça fait un moment qu'on donne... et ça ne marche pas. Il arrive un moment où il faut évaluer les solutions mises en place, juger leur efficience. Comme on devrait le faire plus souvent dans bien des domaines. Et là, je pense que le constat est clair. Plus ton action est individualiste, plus tu écrases de personnes, plus tu détruis et mieux tu t'en sors... en contradiction totale avec tous les systèmes soi-disant mis en place pour protéger la société.

Changer la société ne signifie pas obligatoirement, tuer les riches, les puissants, les politiciens corrompus, etc... Bien sûr, il y en a dans le lot et je ne ferai pas semblant de dire qu'ils ne sont pas la majorité. Bien sûr qu'ils la sont !! Merde, ouvre les yeux ! Et le but ne peut pas être de les éradiquer tous. Mais de faire en sorte que la peur les fasse modifier leur comportement. Qu'ils comprennent que leur attitude peut provoquer leur mort, l'anéantissement de ce à quoi ils tiennent, et que cela peut arriver d'une manière totalement imprévisible et inéluctable. Que, quand tu bascules dans cet univers, le leur d'univers n'est plus un refuge.

Et là tu es sans doute en train de te dire « merde, en fait c'est juste un putain d'anarchiste ! » mais - et je ne sais pas si ça peut ou doit te rassurer – pas du tout. Je ne crois pas à une société sans ordre, sans hiérarchie, sans règles. Je crois qu'il y a des règles naturelles que chacun peut comprendre, que chacun connait quasi-naturellement… et que certains décident de s'en affranchir parce qu'en fait ils peuvent le faire parce que la société qui est censée garantir cette organisation naturelle, ne fonctionne pas… ou plus… ou de moins en moins.

Donc ma chance fut d'avoir besoin d'un gros tournevis, d'un modèle banal, un jour où il faisait froid. Le ciel était gris. Il allait pleuvoir. Forcément. Dans la journée. Je ne suis pas fan des parapluies. Je reconnais qu'esthétiquement on peut leur trouver un certain intérêt si tu ne t'arrêtes pas au truc automatique qu'on te vend dans les boutiques « spécial voyageur imprudent » que l'on trouve notamment autour des gares, mais malgré cela… pour moi, ça ne le fait pas. Remarque anodine, peut-être, mais importante. Le K-Way ou un truc du genre on est d'accord, ce n'est pas mieux, c'est même peut-être encore plus moche, mais je préfère. Ça ne s'explique pas. Mais ça fait partie des hasards qui font bien les choses.

J'avais gardé les gants dans le magasin, sans forcément y penser, choisi un modèle simple, solide, cruciforme (j'en avais besoin – la chance – je ne vois que ça). Et réglé en espèces, machinalement. J'ai toujours eu un rapport de confiance avec les espèces. Vraiment. Puis je suis sorti, l'outil dans un sac à dos qui ne contenait qu'une sorte de vieux K-Way noir à capuche, roulé en boule. L'orage aurait pu surprendre tout le monde, mais il se trouve que j'étais à peu près seul dans la rue. Juste un escalier, une sortie-piéton de parking. Un peu de répit pour sortir l'imper. J'y suis descendu, j'ai ouvert le sac, sorti et enfilé l'informe vêtement imperméable et j'étais en train de remonter le zip quand je l'ai vu arriver. Je ne le connaissais pas personnellement mais je savais tout à fait qui il était et il entrait parfaitement dans la catégorie nuisible. Non, on ne va pas entrer dans les détails du CV du monsieur, fais-moi un peu confiance, si je te dis qu'il méritait... c'est qu'il méritait.

J'avais juste descendu l'escalier qui menait à la porte métallique, peinture écaillée et taches de rouilles, pour m'abriter de la pluie, appuyé contre le mur, dégageant le passage dans l'encadrement et j'étais en train de rabattre la capuche, comme pour tenter une sortie. Ça tombait dru. Il a stoppé pour ouvrir son parapluie. Inquiet à l'idée de mouiller son costume sans doute. Le tournevis s'est enfoncé deux fois. Une première fois dans l'oreille. Pointer puis un coup très sec de la paume de la main pour l'enfoncer, traverser. Je ne saurais pas dire si ça a fait du bruit, cartilage, os, la pluie tombait vraiment très fort. Je ne sais pas le nombre de décibels atteints par l'orage qui frappe sur le sol, les arbres, les vitres, les voitures, mais je pense que ça doit être assez élevé. Une deuxième fois en travers de la gorge... par prudence. Les jours d'orage le sang glisse vite sur le tissu huilé. Cette phrase m'était venue comme ça, et je la trouvais assez poétique. J'ai parcouru 500 mètres en me la répétant pour ne pas l'oublier...

Les deux suivants furent choisis. Un ancien politicien ayant trop souvent échappé à la justice et l'épouse d'un chirurgien, fils de chirurgien et amateur de dessous de table. D'opération ? En recourant à des armes de circonstance, des armes par destination comme on dit dans le Code Pénal...

Je m'explique. Si tu veux créer la peur il y a plusieurs éléments à prendre en compte. D'abord il faut pouvoir créer ce que j'appellerais un « indice de répétition ». La peur ça se construit, ça s'installe. Et donc il faut un peu de temps. Un temps pendant lequel tu ne dois pas être pris. C'est pourquoi il faut éviter, autant que possible, les circuits habituels par lesquels tu pourrais te procurer certaines armes qui rendraient l'élimination plus facile (encore que…) et privilégier des objets usuels ou des méthodes, disons, plus manuelles. Tu ne peux pas faire confiance ; et surtout pas à un « truand habituel ». C'est trop risqué. Il faut éviter les schémas conventionnels. Parce que la réponse policière va obligatoirement se mettre en place et qu'elle suivra justement des modèles habituels, des « process » identifiés.

Pour créer la peur il faut surprendre, égarer la compréhension, lui tendre des pièges. Choisir des cibles que l'on ne reliera pas au premier abord. On ne pensera pas à les relier parce que leur point commun n'est pas de ceux que l'on envisage comme mobile. Quel rapport par exemple, entre ce vieux politicien véreux, le jeune chef d'entreprise flambeur qui exploite sans vergogne ses salariés et croit que son argent lui donne tous les droits, par exemple et l'épouse d'un médecin à la moralité douteuse.

A première vue, aucun. Rien d'évident. Il ne faut pas d'évidence. Ni dans les cibles ni dans les modes opératoires.

Pour créer la peur il faut dire le « pourquoi ». Un « pourquoi » qui fait peur. Et cette peur a besoin de se répandre. Elle doit les envahir. Qu'ils sachent qu'ils doivent avoir peur. La peur n'existe que lorsqu'elle grandit. Comme te l'expliquent les économistes néolibéraux quand ils te parlent des entreprises dans le système capitaliste. Une entreprise doit grandir. Elle ne peut pas stagner. Il faut toujours plus. Sinon elle chute.

Pareil. De crainte à peur. De peur à terreur. Tous. Il faut qu'ils en soient persuadés. Qu'ils sachent qu'ils ne sont pas à l'abri.

C'est pour ça que les numéros 4 et 5 furent des enfants. Innocents ? Oui, si tu veux. Mais ce n'est plus la question. Ils sont des moyens d'atteindre les coupables. Tu te protèges ? Tu te mets à l'abri ? Malgré tout, il y a des gens, des choses auxquelles tu tiens. Et la société te traitera comme tu l'as traitée. Sans remords.

Dire le pourquoi.

Pourquoi ? Mais voyons parce qu'on vit en société et que la société ne peut plus tolérer d'être ainsi méprisée, d'être ainsi utilisée. Vous savez ce que vous faites. Je n'ai pas besoin d'entrer dans les détails. Je suis fatigué d'argumenter. Je n'ai pas à vous le dire. Vous savez parfaitement ce que vous faites, vous en êtes même fiers. Alors maintenant vous savez ce que vous risquez. Et vous savez ce que vous faites risquer. Vous ne pouvez plus détourner la société à votre profit.

Parce qu'il n'y avait pas d'autre solution.

Et là j'ai adressé la première lettre, évidemment anonyme, à un media pas trop connu, « émergent » pour utiliser un terme à la mode. Sobre, papier banal, crayon à papier, enveloppe auto collante achetée en grande surface, postée d'un endroit épargné par le développement exponentiel des caméras de surveillance. Discret. Et précis. Voilà pourquoi ces personnes sont mortes : la justice les excuse, n'a pas de preuves, leurs avocats sont nombreux et procéduriers ? Je m'en fous ! Ils sont bien protégés ? Je tuerai leurs proches ! Ce n'est pas juste ? Non, ce n'est pas juste. On joue à qui de la poule ou de l'œuf ? Ben voilà, ça fait peut-être gamin… mais c'est eux qui ont commencé. Et si on veut bien prendre en compte non seulement ce qu'ils ont fait mais aussi les dégâts collatéraux… Je suis encore très loin de parvenir à leur niveau.

L'info a commencé à se répandre. À se diffuser, d'un media à l'autre. J'ai laissé passer cinq morts supplémentaires (non, on ne va pas détailler, vous avez compris le principe – façon « le loup et l'agneau », si ce n'est toi c'est donc ton frère) avant d'indiquer qu'on pouvait, à juste titre, les ajouter à la liste.

Tant pis pour les psys qui avaient déjà profilé le tueur en recherche de célébrité qui n'allait pas manquer de revendiquer ses prochains meurtres. C'était plus amusant, plus important de laisser planer le doute. Lui aussi participe de la peur. C'est lui, ce n'est pas lui ? Qu'est-ce qu'on fait avec ce meurtre ? On le rattache aux autres ou pas ? À vous de voir.

Pas de modus operandi, pas de rythme préétabli. Au feeling, même si le temps presse. Les seules lignes que l'on ne peut pas voir sont celles que tu ne suis pas. Pas de schéma.

La deuxième lettre, adressée à un autre média donnait une clé supplémentaire. Vous voulez que ça s'arrête ? Et bien moi j'aimerais que pas mal de choses changent. Et non, je n'ai rien de précis à revendiquer. Parce que toutes les cibles potentielles savent très bien pourquoi elles sont des cibles. Je jugerai sur pièces de l'évolution de leur situation. Comment faire ? C'est relativement simple. Qu'ils admettent ce qu'ils font ou ont fait, en assument les conséquences et agissent en rapport. C'est vague ? Uniquement quand tu n'es pas concerné. Si tu l'es, tu sais très bien de quoi on parle.

Et puis, ce n'est pas mon problème. C'est le vôtre, c'est le leur maintenant.

La troisième lettre serait la dernière. Je n'avais pas l'intention de faire un « reporting ». C'était un mode d'emploi. Qui peut le faire, comment, pourquoi. J'ai attendu le treizième mort pour ça. Pour le clin d'œil.

La peur demande un peu de mise en scène. Et du silence aussi. Plus rien. Arrêter d'écrire. Laisser le doute faire grandir la peur. Le laisser multiplier les peurs.

Attendre les vocations. Les susciter. Je ne sais pas s'il faut y voir une relation de cause à effet mais, bizarrement, mon cancer a pris la décision de me foutre la paix. Je n'y vois pas obligatoirement un signe, mais bon. C'est comme ça. Je ne sais pas non plus si quelques personnes ont trouvé des raisons de franchir le cap, ont trouvé la volonté, mais j'ai repéré un certain nombre de décès, sans doute prématurés si l'on avait demandé leur avis aux défunts, que j'approuvais sans réserve.

Evidemment les puristes pourraient trouver que cette méthode présente des risques. Certains en profitant pour éliminer des personnes qui ne correspondent pas vraiment au profil visé. Et c'est tout à fait vrai. Rien ne servirait de le nier. Mais, si vous aimez les proverbes, on pourrait dire qu'on ne fait pas d'omelette sans casser des œufs. Et de toute façon en comparaison avec le nombre de personnes qui sont passées entre les mailles du filet… On est très loin du compte. Vous n'avez qu'à considérer ça comme un rapport bénéfice-risque et vous verrez qu'avec un ratio pareil aucun des décédés ne se serait posé la moindre question s'il avait dû investir sur cette base. Il aurait fait « Tapis ! ». Et s'il fallait rajouter encore un argument… la fin justifie les moyens.

Aujourd'hui, un an s'est écoulé depuis le premier décès. Pour être honnête j'ai un peu cessé de compter. Ce n'est pas un concours. Je ne dirais pas que tout va mieux mais il me semble qu'on peut parler d'un certain frémissement positif. Plus net chez les personnes qui ont été directement visées, et c'est bien naturel, mais on peut raisonnablement espérer un effet boule de neige.

Il faisait relativement beau quand je me suis installé en terrasse pour boire un demi. Juste un, pour la soif. J'ai une certaine hygiène de vie, une certaine rigueur. Je dois être prêt. Toujours. Saisir l'occasion. Et le temps a viré d'un coup : gris, crachin, mais il ne va pas tarder à pleuvoir fort. J'aime bien ce temps qui crée des confusions, détourne l'attention. Non, ce n'était pas vraiment un hasard. Météo France l'avait annoncé. Pas à la minute près, certes… mais bon, on va dire que c'est la joyeuse incertitude du sport. Il ne va pas tarder à quitter son bureau. Ça peut être le bon moment.

JOURNAL INACHEVÉ...

(The day I decided to kill my life...)

La plupart des histoires ne commencent pas au début.

La raison principale étant que, de début, il n'y en a pas. Ou, plus exactement, s'il y en a un, il est certainement antérieur à celui que tu as choisi. Car plus tu réfléchis pour comprendre pourquoi ceci ou pourquoi cela, plus le début de l'histoire recule sur l'axe du temps, à la recherche de l'explication. C'est comme ça. Qui de la poule ou de l'œuf ? C'est l'histoire de toutes les vies. De toutes les histoires.

Oui, j'aime bien cette première phrase. Parce que la problématique, en fait, c'était ça : la première phrase. Il parait que c'est le plus difficile quand tu commences à écrire : la première phrase. Celle qui doit rester dans un coin de la tête du lecteur jusqu'à la fin de sa vie, résistant même aux atteintes d'Alzheimer. Celle que des générations de collégiens vont apprendre par cœur, contraints et forcés[1], se demandant parfois si cette phrase n'est pas juste un moyen de leur faire retenir quelque chose... la compréhension viendra plus tard.

Celle qui, parfois, semble résumer le livre, celle qui doit te donner l'envie de le lire, celle dont la simplicité te semble refléter les vérités attendues. Ou celle, incongrue, qui vient te surprendre juste quand tu poses tes yeux sur la vraie première page ; quand tu as rabattu, d'un mouvement souple de la main, les pages du titre, de l'inévitable citation qui est là pour montrer qu'avant d'écrire, tu as lu... et pas de la merde..., ou des quelques remerciements timides (ils seront plus grandiloquents à la fin de l'ouvrage, quand tu auras apposé le mot « FIN »). Celle qui semble arriver comme un cheveu sur la

---

[1] Si jamais un éditeur, contraint et forcé, décide de publier tes mots.

soupe alors que, pourtant, il n'y a encore rien. Juste un titre. Il n'y a rien d'autre que ce à quoi tu as choisi de t'attendre.

Bizarrement, l'incongru, ça me vient plus facilement[2]. Alors, ma première idée n'était pas celle que vous venez de lire. Ma première idée c'était...

« Non, j'ai beau n'avoir que de vagues souvenirs de latin, « sic transit Gloria » ça n'a jamais voulu dire que le lait Gloria favorise le transit intestinal[3]... »

Tu vois, on n'est pas dans la même catégorie. Encore que... Sorties de leur contexte, la plupart des phrases pourraient bien vouloir dire à peu près n'importe quoi. Et, une fois remises en situation, ou en perspective, avoir un sens bien plus pertinent qu'il n'y parait.

Donc, la première phrase c'est important. C'était le premier point. Et il semblerait que j'ai finalement opté pour une de celles que je rangeais dans la première catégorie. Mais après ?

Après, je n'ai pas envie de vous raconter une histoire de fiction. Je le ferai sans doute une autre fois, autrement. Là, j'ai juste envie ou besoin de parler. Comme je le fais, ou l'ai fait, souvent sur des blogs ou les réseaux sociaux. Et j'aime, et j'ai aimé, faire ça. Mais ça ne fonctionne pas pour tout ce que j'ai envie de dire. C'est bien pour rire, même quand certains de mes rires peuvent choquer. C'est bien pour marquer des positions sociales ou sociétales, pour travailler

---

[2] Sans doute parce que, physiquement, je suis avantagé pour « le cheveu sur la soupe » par une pilosité capillaire abondante, laquelle, même si j'y suis attaché, peut très bien supporter l'idée de laisser une trace ADN dans une assiette de soupe.
[3] Alors que la simple idée d'un cours de latin, pour certains, est plus efficace qu'une poignée de pruneaux d'Agen (à jeun ?).

ton sens de la formule, pour dénoncer, pour faire de la promo amusante pour différentes activités culturelles[4]...

Mais quand j'ai envie de dire autre chose, ce n'est pas le lieu. Parce que c'est forcément mettre en scène ce qui relève souvent de l'intime. Et que même si, finalement, il ne devrait pas y avoir de problème à dire simplement ce que l'on pense, ce que l'on croit, ce que l'on est, ce que l'on ressent ; cette manière de le faire change le propos. Et si je sais être capable aujourd'hui[5] de dire presque tout avec une totale franchise à la plupart des personnes... en soi, ce n'est pas souhaitable. Parce que ça n'apporte rien à personne, parce que je n'ai pas foncièrement envie ou besoin de connaitre l'avis d'untel ou d'unetelle sur une situation qu'il ou elle ne connait que partiellement, parce qu'après tout, si rien n'est à cacher, est-ce que tout est à dire ?

Sans doute pas. Mais, à tout le moins, il est des choses que l'on doit se dire à soi-même. Et les écrire est certainement un moyen de ne rien oublier, de ne rien éviter. Alors c'est un peu ce que je vais faire ici, pas de façon systématique, et même, je pense, parfois, sans le vouloir vraiment, ou pas consciemment, en tout cas.

Comme un journal. Mais pas cette espèce de journal confident à qui tu racontes des histoires et que tu refermes le soir venu pour que ce que tu lui as dit ne s'échappe pas. Non. Lui, je sais qu'il va me répondre. Parce que c'est comme ça que ça se passe. Je me réponds. Je me dis des choses et après, je me dis que je ne suis pas tout dit, que je me suis menti, ou que je me suis arrêté à la première vérité que je rencontrais (et pas forcément parce qu'elle m'arrangeait – ne négligeons pas le côté masochiste qui sommeille en chacun de moi)

---

[4] Et si vous me connaissez, vous savez qu'il est très important de ne pas oublier le « r » dans culturel, sous peine de déclencher mon ire (avec un « r »)
[5] Mais je ne l'étais pas il y a quelques mois.

et qu'il y en avait une autre, derrière, et peut-être encore une autre après.

La vérité se déguise en poupée russe. Je sens que le KGB (FSB) va bientôt venir m'emmerder.

Aujourd'hui :

Alors pour être honnête[6], les paragraphes précédents ne datent pas d'hier[7] mais bien, eux aussi, d'aujourd'hui, mais comme j'étais à la recherche de « la » phrase de début idéale, je ne pouvais pas commencer par ce simple « Aujourd'hui ».

Et pour continuer dans l'honnêteté, quand je parle de situations précises, elles concernent bien évidemment des personnes tout aussi clairement identifiées. Et donc il faut bien que je les nomme. Bien sûr, je peux changer les noms, et c'est même certainement ce que je ferai au moment où je déciderai que ce que je suis en train d'écrire va se transformer en ce que tu[8] vas lire ; mais pour l'instant je laisserai cette vérité telle quelle, notamment parce que j'en ai sans doute besoin. Si je change les noms, j'ai un peu peur d'être tenté de changer des choses. Je vais plutôt faire confiance à la technologie.

C'est quand même l'un des grands avantages liés au fait d'écrire directement sur l'ordinateur plutôt qu'à la main. Le super-pouvoir du « remplaceur de mots ». Le Control F. Le « Rechercher et remplacer ».

---

[6] En tout cas, c'est ce que j'ai prévu de faire...
[7] Une expression qui, normalement, voudrait dire que c'est encore plus ancien, mais bizarrement, là, elle veut dire exactement le contraire.
[8] Le tutoiement est définitivement plus agréable. Il installe une proximité qui est bien moins évidente dans le cadre du vouvoiement. En plus, je suis largement assez vieux pour ne plus avoir à marquer du respect pour qui que ce soit en utilisant le vouvoiement.

Si je te dis que je ne sais pas trop par quoi commencer ? Tu vas sans doute me répondre que, finalement, ma première phrase n'était pas complètement idiote. Ce qui me procurera un certain plaisir car écrire des imbécilités (sauf quand c'est un choix délibéré, destiné à provoquer une hilarité bien nécessaire dans le but de lutter contre les vicissitudes d'une vie malmenée entre un boulot de moins en moins inspirant et une vie privée de plus en plus catastrophique – ceci ne s'adressant évidemment pas uniquement à mon cas personnel, même si je suis bien servi sur ce coup-là, mais résultant de l'observation assidue d'un nombre de cas suffisant pour faire passer les échantillons d'IPSOS pour du foutage de gueule[9]) n'est pas mon but premier.

Je pourrais commencer par ce qui n'est forcément pas le début, à savoir, ces quelques phrases écrites le jour de mon anniversaire (en gros, il y a trois semaines), comme une sorte d'anti-sèche à un questionnement éventuel que j'avais anticipé. Je ne suis pas toujours très clair (j'en suis conscient) mais disons que j'ai tendance à réfléchir pas mal à l'avance, à essayer d'envisager les situations, ce que je peux faire, ce que je devrais dire, ce qui... ne sert absolument à rien car rien ne se passe jamais comme prévu[10], et donc toutes ces réflexions, ces anticipations tombent à plat... et tout ce à quoi j'aurais mieux fait de penser, de faire attention... ben j'y suis passé à côté.

« Il y a six mois, je me sentais triste, désemparé, sidéré, assommé, ahuri, mais aussi un peu optimiste, volontaire, amoureux, prêt à me remettre en cause... et ce, depuis une semaine. Aujourd'hui, je me sens vide, désespéré, nul à chier, pitoyable, inutile, incompris, déchiré, détruit, obsédé, épuisé, moche, incrédule, dégouté, humilié, inconsolable et fou d'amour... depuis six mois et une semaine... »

---

[9] Ce qu'ils sont...
[10] Hannibal (alias George Peppard) pourrait d'ailleurs vous le confirmer lui qui « adore quand un plan se déroule sans accroc. »

Je me disais qu'elle m'appellerait pour mon anniversaire et que j'essaierais de lui expliquer ce que je ressentais, c'est-à-dire, ce que je viens d'écrire juste au-dessus. Et qu'elle me dirait que je n'avais pas le droit de dire ceci ou cela, ou pas le droit de penser ceci ou cela. Et que ça ne ferait pas avancer le schmilblick mais pour autant je voulais le lui dire. Et peut-être pour que ça lui fasse mal. Même si c'est tout sauf la bonne manière. Mais la bonne manière, elle n'existe pas. En tout cas, je ne la connais pas. Et je ne suis pas certain de vouloir la connaitre. Si la connaitre c'est savoir comment accepter une situation, je n'en veux pas. Si la connaitre c'est savoir comment passer à autre chose, je n'en veux pas. Si la connaitre c'est faire autre chose pour moins souffrir, je n'en ai rien à foutre.

Et donc, comme prévu (puisque justement... ce n'est pas ce que j'avais anticipé qui est arrivé) ou plutôt comme prévisible, elle ne s'est pas manifestée pour mon anniversaire. Et je le comprends tout à fait. Elle n'avait aucune envie d'une réponse sèche ou même agressive du genre « Je ne vois pas trop comment ça pourrait être un bon anniversaire ».

Forcément pas. Personne n'a envie d'entendre ça. Pas même de le lire.

Arrivé à ce point c'est, soit je te raconte tout en partant du début (sachant, comme je le disais qu'il n'y pas de début), soit je reste où je suis, aujourd'hui. Et c'est ce que je vais faire car après tout, si j'ai besoin de revenir en arrière parfois (façon recette de polar[11]), je le

---

[11] En tout cas c'est la perception que j'en ai actuellement, car j'ai vraiment l'impression que les auteurs de polar n'arrivent plus à gérer l'histoire dans le présent et, pour ajouter une part de mystère et d'inconnu, font systématiquement remonter l'origine loin dans le temps... et donc, évidemment tu ne comprends pas... parce que tu n'as pas les éléments. Ce n'est plus un problème de compréhension ou de déduction, mais juste de connaissances que tu ne peux pas avoir. Bref, c'est le règne du cold case... et quand même un peu une solution de facilité.

ferai, mais le sujet ce n'est pas réellement cette histoire. Non, le sujet c'est plutôt ce qu'elle a fait, ce qu'elle a changé, ce qu'elle a abimé et aussi ce qu'elle a révélé. Et le fait que, paradoxalement, si je dois y trouver des côtés positifs, les conséquences de ces éléments positifs, sont totalement négatives ou destructrices. Ça te semble sans doute un peu étrange dit comme ça, mais tu verras, petit à petit tu vas comprendre ce que je veux dire.

Si tu crois que les côtés négatifs seraient une sorte de laisser aller, de vide sidéral dans lequel je me serai vautré, d'absence de réaction, de complaisance... ben... pas exactement... ou pas tout le temps... ou d'accord, au début. Mais après j'ai, au contraire, été très actif dans le négatif : j'ai sabordé un groupe (Doc Vinegar), détruit des amitiés (Doc Vinegar encore), paralysé des projets (The Lemon Cars)...

Et j'ai aussi été très actif dans le pseudo-constructif qui, au final, n'atteint pas le but visé. Du coup, j'ai fait deux showcases tout seul, quasiment inédits, une expo, un recueil de poèmes juste pour elle[12], un bouquin, 46 showcases confinés... tout ça, bien sûr, pour rien... pour montrer que je n'étais pas nul... comme si ça avait un sens ?

Et donc aujourd'hui ?

Eh bien, aujourd'hui, le sujet ça ne va pas être que ça, sinon on va tomber dans le mélo merdique (même si forcément c'est appelé à ressurgir régulièrement dans ces pages) alors qu'il y a tant ou trop d'autres histoires amusantes ou navrantes à raconter. Notamment parce que je ne compte plus tellement aller m'épancher dans Facebook. Je sais j'ai déjà dit ça il y a quelques mois, mais c'était une réaction, un truc surjoué, une mise en scène d'une détresse (bien réelle). Puis je suis revenu, mais je dirais, tout aussi hypocritement. Pour montrer que je pouvais dire des choses, être drôle, être intelligent et franchement... aujourd'hui, je m'en fous. Je n'ai plus

---

[12] Que forcément tu ne verras pas et qu'elle a peut-être jeté, qui sait ?

ce besoin. Ou moins. Et si je dois, et peux encore l'être, eh bien ce sera ici, bien à l'abri des regards. Bien à l'abri du présent.

Une des raisons pour lesquelles, depuis quelques jours, je n'ai pas très envie de Facebook c'est sans doute parce que je serai tenté de faire des posts aussi polémiques que vains. Polémiques parce que les réactions et les préoccupations des gens me semblent tellement ridicules parfois que j'ai envie de balancer des trucs pour les choquer, quitte à exagérer, quitte presque à dire des choses que je ne penserais pas complètement. Et vains parce que bien sûr, cela ne sert à rien. Mais c'est sans doute dû au fait qu'en ce moment, la sérénité n'est pas ma plus grande vertu. Avec la tolérance. Et pour l'empathie, si tu veux bien, on fera un chapitre à part, mais pas maintenant.

Polémiques et cons. Par exemple. Tout le monde sait que je n'aime pas les chats, ni les chiens, ni les autres animaux. En réalité c'est ce que je dis mais la vraie raison est légèrement différente. Ce que je n'aime pas ce sont les obligations que créent les animaux (nourriture, litière, bruit, sorties, organisation de l'absence). Normalement, tu mets ça dans une colonne et de l'autre côté tu mets le côté positif dans lequel, essentiellement, tout le monde range une sorte d'amour ou de tendresse que l'animal te donnerait. Sauf que ça, je n'y suis pas sensible. Je ne suis pas demandeur. Un chat qui vient ronronner sur mes genoux me dérange, fais du bruit, abime avec ses griffes, laisse des poils ; un chien qui bave me salit, pue de la gueule et je n'ai pas envie d'aller ramasser ses merdes. Et donc rien dans la colonne[13] positif. C'est comme ça. Je n'ai pas besoin de cet amour. Et ça ne date pas d'hier. Et peut-être parce que je ne voudrais pas être capable de m'en contenter. Peut-être que

---

[13] **Et pour la cinquième colonne on attendra d'évoquer la théorie du complot, les russes, les chinois, enfin, tous ces sujets que l'on peut, comme finalement beaucoup d'autres, aborder avec une certaine sérénité.**

je n'en voudrais pas comme une compensation, une sorte de pis-aller. Non, pas envie de m'en satisfaire.

Alors comme ça, sur un coup de tête, j'aurais envie d'écrire en lettres majuscules :

VOUS ME FAITES CHIER AVEC VOS CHATS !

Merde ! Mais pourquoi le faire. Blesser inutilement. Et ça ne me procurerait finalement aucune joie[14]. Dire aux gens qu'ils feraient mieux de s'occuper des humains que des animaux ? Mais, même ça, je ne le pense pas. Quels humains d'abord ? Ceux qui… et là, je vais ouvrir une parenthèse virtuelle pour dire que, selon les jours, les « ceux qui » sont susceptibles de représenter vraiment pas mal de monde, mais comme là, j'étais dans un passage où je disais du mal… ou en tout cas, pas forcément du bien… des animaux, on ne va pas rajouter différentes catégories d'êtres humains, ça ne ferait que compliquer le propos… et de toute façon, leur tour viendra bien assez tôt. Et je referme la parenthèse virtuelle.

Les animaux n'étant bien sûr qu'un exemple. Je pourrais m'énerver tout autant avec la politique, l'économie, la musique, les « bons sentiments ». Mais mon souci actuel c'est surtout que je n'arrive pas à mettre assez de distance avec ces sujets pour les traiter autrement que de manière épidermique.

Alors que, a priori, dans le contexte actuel, la distanciation devrait aller de soi et je devrais traiter cela de façon épidémique. Mais non, je n'y arrive pas. Et je n'ai pas envie d'user de l'énergie à ça. Parce que de l'énergie je n'en ai plus tant que ça. Certains croient toujours que je fais 100 000 choses entre le boulot, la musique, l'écriture,

---

[14] Sauf bien évidemment si ce ou ces chats appartenaient à une vieille bigote. Auquel cas le rajout d'une dose, même non léthale, d'anticléricalisme me procurerait une joie que j'aurais du mal à dissimuler. Oui, parce que, autant pour les animaux on se range plutôt dans la catégorie désagrément… autant pour la religion… on entre plein pot dans la détestation claire et nette.

etc... mais moi je sais bien et je vois bien que je ne fais pas le dixième de ce que je pourrais faire si je ne passais pas des heures avec la tête trop vide, ou trop pleine. Ça dépend comment on voit la chose. Et surtout si j'en avais vraiment l'envie. Chose que je n'ai pas en ce moment.

En ce moment, je fais parce que je sais faire (et ce n'est pas un jugement de valeur, évidemment[15], juste une question de pratique). Pour voler du temps. Pour faire comme si...

Aujourd'hui (aussi, mais un autre) :

En fait, il m'a fallu des années pour retrouver l'envie, d'abord, puis le besoin, ensuite, de faire ce que j'avais toujours voulu faire. Aussi loin que je me souvienne. Même si cet aussi loin ne ramène que vers l'adolescence... car je n'ai pas vraiment une bonne mémoire... ou plus exactement je n'ai pas une bonne mémoire de ma vie. J'ai assez largement oublié mon enfance. Je crois que je me souviens essentiellement de ce que j'ai raconté, ou de ce qu'on m'a raconté. Je me souviens de photos. Et ces photos me permettent de reconstituer des situations... que j'ai oubliées. Disons que je n'arrive pas à les visualiser à nouveau.

Aujourd'hui (un autre évidemment) :

Certes l'aujourd'hui précédent n'était pas très long, mais je ne vais pas commencer à tricher. J'ai bossé, je n'avais pas le temps. Et puis j'étais un peu bloqué entre le « je ne peux pas raconter ça, en tout cas, pas de cette manière » et le « oui bon, c'est amusant, mais quel rapport ? ».

Déjà, je n'en avais pas terminé avec cette histoire de mémoire qui fonctionne, quelque part, un peu comme une vidéo-surveillance de supermarché. Elle s'efface à mesure pour être remplacée. Et bizarrement je peux retenir, des noms, des chiffres, des histoires,

---

[15] Si je savais peindre des portes, je peindrais des portes sans me prendre pour Dali ou Picasso. Ben là c'est un peu pareil.

bref, plein de choses dans lesquelles je n'ai pas d'implication. Non, la seule chose qui s'efface… c'est moi.

On pourrait sans doute y voir un signe de la perception que j'ai, en réalité, de moi… Mérite pas qu'on s'y attarde. A oublier…

Mais en fait je parlais de cette envie. Une envie d'écriture et de musique. Ensemble ou séparément. Et sans en avoir forcément le talent. Mais ça, le talent, on va dire, que c'est le petit plus agréable ; ni obligatoire, ni indispensable. Non le talent n'est pas ce qui est le plus important, en tout cas, pour la plupart des gens car cette envie, aussi impérieuse, forte et vraie soit-elle, est souvent juste un moyen. Un moyen de commencer à se trouver. Et les envies, les désirs, que tu vas chercher à concrétiser, sont autant d'éléments sur lesquels tu pourras t'appuyer pour te construire.

J'ai eu ça vers quatorze / quinze ans, au moment où j'ai réalisé que ce ne serait pas par le sport. J'avais déjà compris que ça ne serait pas par les études. Pas parce que je ne comprenais pas, mais peut-être parce que je comprenais trop facilement. Et ça, c'est un piège.

Je lisais sans arrêt, partout, tout le temps, n'importe quoi, des illustrés, des romans, des revues, les journaux, tout ce qui était imprimé et passait à portée de main, à portée des yeux[16], à toute vitesse. Une sorte de besoin d'emmagasiner, une collectionnite des mots, des phrases. Je lisais des encyclopédies, les revues Historia de mon grand-père. Tout.

Donc je lisais, mais je ne bossais plus. Parce que je comprenais et que je ne voyais plus l'utilité de travailler puisque j'avais compris. Malheureusement, dans le système scolaire tel qu'il est conçu, il ne suffit pas de comprendre, il faut être capable ressortir des phrases apprises par cœur, et je trouvais cela totalement idiot. C'est pourquoi, tant que j'étais en primaire et, disons, plus docile, tout

---

[16] Et même à portée musicale...

allait parfaitement. Meilleur en tout. Palmes académiques et même, à 11 ans, maladie due à un surmenage intellectuel. Mais après.

Mai 68 était passé par là et je me suis dit qu'il était plus important de réfléchir que d'apprendre[17]. Et j'ai donc perdu l'envie d'apprendre tout ce qui pouvait constituer un savoir un tant soit peu technique et réclamait un peu d'effort. Bref, pas le sport, pas les études. Sans que ce soit dramatique non plus, mais sans tirer vraiment partie de certaines facilités comme je l'avais fait au début de ma scolarité. Le minimum, comme disait Higelin.

Aujourd'hui (forcément) :

Faudra vous y habituer. Même si l'histoire continue, quand ce n'est plus le même aujourd'hui... ce n'est plus le même aujourd'hui. Ne vous laissez pas perturber par ces petites coupures. Vous vous dites peut-être que ça ne sert à rien, mais ce n'est pas totalement vrai. Car, même si je compte raconter quelque chose, que j'ai commencé à le faire et que, a priori, il s'agit bien de la suite, après une pause, la réflexion n'est plus exactement la même. Parce que ce que j'avais décidé de raconter, je n'y avais pas obligatoirement réfléchi longuement avant. Le sujet arrive spontanément et tu te laisses aller à écrire ce que tu penses sur le moment, sincèrement.

Mais tu ne t'es peut-être pas posé beaucoup de questions. Pas toutes, en tout cas. Et ce n'est pas grave en soi car, le risque, si tu y penses trop avant de commencer à écrire c'est la tentation de l'auto-censure. Et donc, quand tu poses ton stylo[18] (virtuel) parce que le temps dont tu disposais s'est écoulé, tu passes à autre chose, physiquement, mais à chaque instant ton esprit peut, lui, reprendre le fil, et t'amener ailleurs que l'endroit où tu pensais aller. En tirant des ficelles, justement, en ouvrant des tiroirs.

---

[17] Bon, j'ai compris plus tard que pour réfléchir, c'était mieux d'avoir appris et que tout ne germait pas, comme ça, dans mon cerveau.
[18] Non, je n'écris plus à la main depuis longtemps. Ou alors simplement pour noter quelques phrases, prendre des notes.

Et donc, ni le sport, ni les études. Et en plus je n'avais pas de super pouvoirs. Et c'est vraiment quelque chose que je regrette énormément. Faut dire que j'étais un lecteur assidu de Strange et je crois qu'avec certains super pouvoirs, comme la télékinésie, j'aurais pu faire des choses vraiment sympas. En tout cas, j'aurais certainement pu satisfaire une de mes obsessions originelles : la soif de justice. Un vélo qui grille un feu rouge ? Hop, projection en l'air et fracassade en redescente de l'inconséquent cycliste. Une voiture qui roule trop vite, fait des zig-zags ? Exit les quatre roues avec un simple soupçon de concentration. Trop bien ! Mais, hélas, je n'avais pas reçu ce don. Alors si je voulais pouvoir ressortir un peu du lot, il me restait l'écriture où la musique.

<u>Aujourd'hui (parce qu'il est difficile d'écrire hier ou demain) :</u>

Oui l'écriture. Parce que la lecture t'y mènes naturellement. Et la musique, parce qu'élevé entre la musique classique maternelle[19] et les rythmes sud-américains (voire la variété française la plus lourdingue – l'équivalent ou la préfiguration du rock festif, qui sait ?) paternels[20], je venais de découvrir le rock. Et les rock stars ! Et les paillettes. Ce rock, qui m'était tombé dessus, était tout autant visuel que musical. 1973. En plein glam-rock, hard-rock, progressive-rock[21]. Mais pas le rock'n roll traditionnel. D'abord parce qu'il ne me semblait pas être de mon époque et aussi, voire surtout, parce qu'il avait engendré (ou à tout le moins inspiré) tout

---

[19] Ma mère était professeur de piano.
[20] Mon père était en quelque sorte le contraire de ma mère. Elle était plus calme, plus réservée et lui adorait faire la fête, organiser des événements entre amis, soirées, fêtes, sorties... et donc, malheureusement pour moi, avec les goûts musicaux qui allaient avec.
[21] Pour le rock progressif, je pense que l'influence de la musique classique n'était pas étrangère au fait que, à cette époque en tout cas, cette musique me séduisait. Peut-être aussi un besoin de montrer à ma mère que le rock n'était pas juste un refuge pour mauvais musiciens.

ce courant yéyé français[22] qui pour moi était vraiment tout sauf du rock, au sens où je l'entendais. Et même pire que la fameuse chanson à texte à la française. C'est dire…

Donc, pour moi qui étais timide (avec les filles) et plutôt chétif, le statut de rock star était un idéal prometteur qui, avec l'insouciance de l'âge, ne semblait pas totalement hors de portée. Pas besoin de travailler (ça n'en donnait pas l'impression, de prime abord), pas besoin de peser plus de 60/65 kilos. Je n'y voyais que des avantages.

Et c'est donc ce que je fis tout au long d'une adolescence que j'essayais de faire durer le plus longtemps possible[23]. Mais en revenant assez vite des rêves de gloire. Certes, je pourrais commencer à rentrer dans les détails et raconter des années de souvenirs musicaux, de fins, de recommencements, mais l'important c'est que, tout au long de ma vie j'ai pu constater deux choses quasi systématiques.

Quand j'ai été amoureux, ou en couple, j'ai toujours eu tendance à délaisser mes passions en considérant qu'elles prenaient trop de place, au détriment de la personne qui partageait ma vie. Un peu comme si je considérais, dans ces moments-là, que la musique ou l'écriture devaient s'effacer. Comme si elles n'avaient été que des passe-temps… en attendant… quelqu'un…

Faut dire aussi que je suis du genre à attendre. En tout cas, je ne suis pas un collectionneur. Je ne sais pas faire dans l'histoire qui commence doucement et puis on verra bien après comment ça tourne. Ou le changement à vue. L'enchaînement façon « programme libre » de patinage artistique. Non, ça, c'est tout sauf moi. Parce que, notamment, même si, avec le temps, la timidité s'est estompée dans beaucoup de domaine, dans mes relations avec le

---

[22] Musique trop simple, parole trop niaises… merde, je sortais quand même de Chopin et Chateaubriand.
[23] Quitte même à décréter qu'une seule adolescence, c'était insuffisant pour une vie à la fois intéressante et bien remplie.

sexe féminin, elle reste très présente. Comme une barre difficilement franchissable. Parfaite allégorie de mes performances scolaires en saut en hauteur. Sans entrer dans les détails, on peut dire que je suis plus Cadbury ou rouleau printemps, que Fosbury ou rouleau ventral.

Donc attendre… puis se précipiter. Parce que, pour que j'arrive à sortir de cet état qui oscille entre l'immobilisme et la prise de tangente qui n'est pas notée pour un examen de maths, il n'y a pas trente-six solutions. Il n'y en a même qu'une. Toujours la même. Le coup de foudre qui, soudain, me tire par la main et m'envoie au milieu de la piste. Débrouille-toi maintenant.

Ou pas… Ou mal… Avec la vie et la mort que tu ne maitrises pas[24]… Ou avec ce que tu as fait ou pas fait, ou pas voulu faire de ta vie. Toujours rester à mi-chemin. Se laisser une porte de sortie alors que tu n'as même pas encore franchi la porte d'entrée. Laisser les choses arriver. Fataliste. Espérer que ce soit réciproque.

J'ai l'impression que je pourrais raconter plusieurs fois la même histoire. Rien de rare ni d'extraordinaire. Sauf à considérer comme étonnant le fait d'avoir vécu plusieurs histoires. Ce qui l'est de moins en moins. Par choix ? A cause de cette fausse exigence qui te fait croire que ce n'est pas ton histoire et que tu dois en vivre une autre ? Alors que tu refuses juste de vivre celle-ci. Et, forcément, elle se plante, l'histoire. Tu la plantes.

Refaire les mêmes erreurs. Evitables. Et tu ne sais même pas pourquoi tu ne les as pas évitées. Enfin, si, tu sais… C'est facile à dire après coup, mais sur le moment tu ne vois jamais rien venir. L'amour est aveugle ; mais l'amour qui s'enfuit n'a pas une meilleure

---

[24] J'y reviendrai peut-être mais c'est un sujet que je ne veux pas aborder maintenant.

vue... Certains sont peut-être plus clairvoyants que moi dans ce domaine[25]. Ou juste plus attentifs.

Une fois, deux fois, trois fois, adjugé !

Quarante ans, un enfant et quelques autres péripéties et tu te dis. Bon, maintenant, je sais où j'en suis (un peu, quand même) et il faut que je sache où je vais.

L'enfant, d'accord, il était temps, mais c'était la première fois que tu en voulais un, même si tu ne savais pas encore ce que ça voulait dire, ni ce que ça impliquait. Ce n'était pas un hasard. C'était décidé, voulu. Tu voulais un enfant avec cette femme. Ou, à vouloir un enfant, c'était avec elle. Oui, dis comme ça, on peut penser que ce n'était pas si murement réfléchi, mais c'était le mieux que je pouvais faire. Et c'était maintenant.

Mais tu as toujours autant de mal à prendre tes responsabilités, simplement à prendre des décisions. Les choses arrivent, elles glissent, tu les suis, docile. Tu as toujours agi ainsi. Tu sais bien que ce n'est pas la bonne solution, pas la bonne manière. Tu le sais, mais ça ne suffit toujours pas de le savoir. Tu le sais, mais malgré tout, tu ne vas pas faire attention.

En fait tu es paralysé par une sorte de peur de mal faire, peur de ne pas faire ce qu'il faut, ce qu'on attend de toi, qui se transforme inexorablement en une peur de faire.

Mais cette situation me[26] fait du bien. Pas en un jour, pas sans problèmes, ce serait trop beau. Et nouveau. Mais il me semble plus facile de trouver une place à trois qu'à deux. Ça ne résout pas tous

---

[25] Ça ne devrait pas être trop difficile.
[26] Oui, il semblerait que je passe, avec une totale nonchalance de la première à la deuxième personne du singulier pour désigner la même personne : moi... Je ne sais pas pourquoi, je ne sais même pas si c'est grammaticalement très correct, mais c'est naturel. Donc, voilà, vous le savez, ne venez pas vous plaindre ou critiquer.

les problèmes mais, étonnamment, ça n'en rajoute pas. Oui, étonnamment, car, me connaissant je n'étais pas certain d'être préparé à cette situation nouvelle.

Et donc, si l'on veut bien admettre ce que je viens d'écrire et qui, avec le recul, me semble assez honnête, tu[27] as bien compris que, pour autant, il reste des problèmes.

Aujourd'hui (est un autre jour) :

Parfois ça fait vraiment du bien de s'arrêter et de ne pas reprendre à l'endroit, justement, où tu t'étais arrêté. Tu peux souffler un peu. Passer à quelque chose d'un peu plus léger avant, non pas de remettre ta tête dans le sac, mais plutôt face au miroir. Celui de l'âme pardonne peu.

Donc, aujourd'hui, deux réflexions primordiales. La première : il faut refaire la bande son des manifestations. Ça n'est vraiment plus possible. Déjà, construire des playlists un peu plus homogènes. Ça doit être possible. On a bien eu des DJ sets « spécial confinement », on doit bien trouver un DJ qui ait pris l'option « playlist révolutionnaire » ? Et surtout, surtout, arrêter avec cette musique festive qui t'empêche de croire que les gens sont au bout du rouleau[28]. Et les chants revendicatifs dignes d'un « Barbelivien » qui

---

[27] Et là, c'est bien à toi que je m'adresse et non à moi.
[28] Pour peu qu'un plus tu trouves deux ou trois manifestant.e.s qui dansent avec un grand sourire, voire un nez de clown... J'ai vu ça aujourd'hui dans la manif. Une grosse (faut arrêter les périphrases – une description physique n'est pas un jugement de valeur), habillée comme un sac, avec un masque surmonté d'un nez de clown et qui exécute une danse qui évoque Baloo dans le Livre de la Jungle... je suis désolé... mais, pour moi, ça n'exprime ni la colère, ni l'exaspération, ni la lutte... c'est juste ridicule et ça ne peut pas être pris au sérieux.

aurait une conscience sociale. Le pire étant, selon mon opinion, le festif revendicatif[29] !

Et la deuxième, qui pourrait sembler moins importante, mais ne nous y trompons pas car il n'y a pas de petits détails négligeables (comme dit Harry Bosch « Toutes les vies comptent ou aucune ne compte. ») : le pantacourt est un tue-la-révolution. C'est un tue-plein-de-choses, en fait, la révolution faisant partie du lot.

Sinon, il m'est venu une autre réflexion[30] en entendant ces appels à débaptiser des lieux, déboulonner des statues, changer des plaques de rues. « Les livres avaient été réécrits... Les statues, rues et immeubles avaient été renommés... Les dates avaient été modifiées... L'histoire s'est arrêtée. » George Orwell, « 1984 ». Et j'ai bizarrement l'impression que ceux qui voudraient cela sont les mêmes que ceux qui se plaignent de toutes les autres atrocités qu'Orwell anticipe. Et ils ne s'en rendent même pas compte. Et ils sont là à défiler dans leurs habits (physiques ou mentaux) de bobos, en fournissant les éléments de cette dictature qu'ils dénoncent.

Police de la pensée, police de la parole, police de l'histoire. A se tromper de combat, se tromper de chemin et, en somme, à exacerber ce qu'ils prétendent combattre.

Et après tout, pourquoi ne pas pousser ce raisonnement jusqu'au bout. Et ne pas détruire, éradiquer, invisibiliser tout ce qui, aujourd'hui, nous parait inacceptable dans le passé. Et là, je vais en profiter pour enfourcher mon sempiternel dada (même s'il n'est pas aussi blanc que le cheval blanc d'Henri IV) : détruisons les églises, tant de massacres ont été commis au nom de la religion ! Si l'on veut être cohérent, si on considère ces milliers, millions de morts

---

[29] Un peu comme le raggamuffin par exemple... Jamais personne ne va croire à l'imminence d'une fracture, voire d'un soulèvement social avec cette petite musique sautillante et guillerette.
[30] Oui, je cherche à gagner du temps avant de reprendre le cours de l'histoire... et j'en profite pour faire de l'histoire.

comme une abomination, alors détruisons ses symboles ! Et aussi tous les châteaux qui nous rappellent cette abomination de l'exploitation par une noblesse qui se prétendait de droit divin et qui vécut pendant des siècles sur le servage, dont je pense qu'il faudrait beaucoup de patience pour m'expliquer que c'était moins horrible que l'esclavage…

<u>Aujourd'hui (c'est mon jour favori)</u> :

… mais aujourd'hui est un autre jour.

A suivre ???

RETOUR VERS LE ROCK

Ante-scriptum : est-il vraiment utile de préciser que tous les lieux, personnages et situations que vous allez rencontrer dans ce récit sont totalement imaginaires ? Ben non, ça ne devrait pas, puisque l'action se déroule dans le futur[31]. Mais, si ça se trouve, d'ici une vingtaine d'années on pourra voyager dans le temps et certains pourraient croire que je n'écris pas ce texte maintenant, mais que je l'écrirai dans vingt ans et qu'ensuite je reviendrai pour raconter ce qui, somme toute, ne serait pas une œuvre de fiction, mais juste, finalement, une simple relation de faits réels, par anticipation. Vous y croyez, vous ? Moi pas !
Marseille :
2040 après J.C (non, pas Jean-Claude – même si l'histoire se déroule à Marseille – l'autre, celui qui faisait de la boulangerie industrielle en multipliant les petits pains… non, mais c'est bon là, ce n'est pas le sujet…)
Toute la Gaule est occupée à écouter de la musique de Shadocks[32] (rapport à la richesse des textes… mais pas que…), produite à la chaine par des « gamers » en pré-retraite, vêtus de sportswear « China Original »[33], recyclés dans la « Culture », au grand dam

---

[31] Je sais, je ne l'ai pas encore dit, mais comme je le sais…
[32] Créatures des années 70 qui ne possédaient que quatre mots de vocabulaire (Ga – Bu – Zo – Meu) et qui, pour cette raison, sont considérés comme les ancêtres des paroliers de Jul (ah mais non, il écrivait ses textes lui-même…) donc comme les ancêtres de Jul, célèbre euh… phénomène (?) marseillais de la fin des années 2010 conjuguant l'élégance vestimentaire d'un footballeur et le talent oratoire d'un supporter de foot… pour produire des choses que certains qualifiaient de musique. Mais très honnêtement… le doute est permis.
[33] Célèbre marque chinoise de vêtements qui s'est développée dans les années 2025/2030 quand le gouvernement de « Riz

(bonheur des ?) de quelques nostalgiques de la guitare électrique échappés d'un temps que les moins de 60 ans...

(Petite parenthèse : il s'agissait d'une phrase-test. Les prochaines seront moins alambiquées, mais je suis assez partisan de mettre d'emblée les pieds dans le plat, comme disait Guy Degrenne[34].)

Toute ? Non ! Car un disquaire, tenu par d'irréductibles rockers, résiste encore et toujours à l'envahisseur (non, je ne vais rien dire sur David Vincent[35] – ni sur Francky[36] d'ailleurs, pas envie d'avoir des reproches sur mes prétendues digressions).

Et donc, quand tu travailles pour la rubrique archéologie musicale d'un publi-magazine sur papier glacé édité par une fondation/bonne conscience, ce qui est le cas de notre héros... à un moment ou un autre... tu vas parler du rock... forcément. Si en plus, il faut rajouter une dose d'exotisme (non province, ça ne fait pas très classe – exotisme, c'est mieux), alors là, pas d'hésitation, tu sautes dans un Fuxing (ce sont les trains chinois qui ont remplacé les TGV – vous étiez au courant, non ?) et deux heures après, tu descends le grand escalier, et tout droit, Bd de Tien An Men (anciennement Bd d'Athènes, mais, niveau phonétique, ça sonne presque pareil et c'est une sorte de clin d'œil amical à la population actuelle du quartier – ils sont trop chou à la Mairie de Marseille, toujours de petites attentions pour les minorités...), tu continues quatre cents mètres sur les larges trottoirs ombragés du Cours Lieutaud en admirant les vitrines (un snack tacos-pizza-kebab, un concessionnaire moto, un bar à chicha, un snack pizza-kebab-tacos, un garagiste moto, un bar à chicha,...) et... ben voilà, tu y es ! Juste

---

Moké » (1954-2033) a confisqué les biens de toutes les sociétés américaines de textiles implantées sur le sol chinois.

[34] Ecolier qui, malgré son côté cancre, a participé à un grand nombre d'émissions télévisées dans les années 2000.

[35] Non, j'ai dit que je ne dirai rien... mais il les a vu !

[36] Et puis quoi encore ? Vous pensez bien que si je n'ai rien dit sur David, ce n'est pas pour parler de Francky... franchement...

là, sur ta gauche, au pied de la montée vers la Plaine [37]: Lollipop Music Store !

Incontournable ! Le magasin est là depuis quand ? 2010 ? Un peu avant même ! Un refuge, voilà ce que c'est. Enfin, refuge n'est pas forcément le mot adéquat, parce que ça sonne un peu hospice ou animaux malades, ce qui n'est pas très sympa… encore que, faut bien l'avouer… la clientèle n'est pas toujours… jeune…jeune… Du coup, le nom du magasin, Lollipop, en prend un côté finalement assez anachronique. Mais c'est son nom et il ne viendrait à personne l'idée de le changer. Bon, par contre, pour les patrons du lieu, quelques petits malins ont pensé, au fil des années, à remanier leurs pseudos d'origine en Stéphane Neurotonic[38] (ben ça peut être utile parfois) et Sonotonic Polo[39] (je t'avais pourtant dit de baisser l'ampli !).

Mais je vais sans doute un peu vite en besogne. On me le reproche parfois (mais cela n'a aucun rapport avec la sexualité). Revenons donc quelques jours en arrière, au début de cette histoire.

Tu sors à « Pantin Eglise », tu laisses l'église à ta droite (pas de politique) et tu remontes l'avenue Jean Lolive sur une centaine de mètres, bien à l'abri sous ton parapluie. Oui, il y a un microclimat à Pantin qu'on surnomme affectueusement la banlieue bretonne de Paris. Là, tu vas trouver une sorte de jardin public, avec une grille en fer, ouverte la journée et, juste à droite (encore), quand tu l'as franchie, ce qui semble bien cossu pour une maison de gardien, en pierres, ocre et rouge. Normal, c'était en fait la maison de maitre de l'ancienne Manufacture des Tabacs. Tu la dépasses et tu te diriges vers l'escalier qui se trouve au fond d'un surprenant îlot de végétation sauvage et drue, planté là au pied d'un ensemble d'immeubles de bureaux. Il fut un temps, par temps clair, tu pouvais

---

[37] C'est une particularité locale : on monte vers la Plaine…
[38] Stéphane Neurotic, pseudo inspiré du nom de son groupe de jeunesse : les Neurotic Swingers.
[39] Sonic Polo, en référence à son ancien magasin de disques : Sonic Machine.

voir quelques rats (des villes) passer d'un bosquet à l'autre, mais quelques restaurants asiatiques se sont ouverts… Non, ça n'a aucun rapport, sans doute, mais ça fait un bail qu'on n'en voit plus. Donc, tu montes les quelques marches en pierre et tu arrives sur une sorte de parvis. Un grand immeuble tout au fond, qu'on atteint en passant sur une sorte de passerelle et deux autres à ta gauche et à ta droite (bon, là, au moins, c'est équilibré). Je ne sais pas quelles sociétés ou services occupent l'immeuble de gauche ; je ne suis jamais allé regarder les noms sur les plaques (je m'en fous, en fait), mais à ta droite se trouve les bureaux de la revue « AAAA+ »[40] (Art – Amour – Argent - Aventures et plus si affinités).

Il y a encore dix ans, se trouvaient là les bureaux de la Direction Nationale d'Enquêtes Fiscales. Un ridicule (par ses effectifs) service dépendant du Ministère des Finances Publiques et dont les gouvernements successifs avaient désespérément voulu persuader le public qu'il avait les moyens de lutter contre la fraude fiscale. Tu parles ! Politique de l'alka-seltzer : dissoudre dans un grand verre d'eau. Et hop, bienvenue dans la nouvelle République des Entreprises au sein de l'Europe des Multinationales. Bon, bref, vente des bijoux de famille (spécialité gouvernementale) et rachat par un joli consortium mediatico-financier dont le président est allé en classe avec le ministre des ------------ (remplacer les tirets par un nom au choix, selon vos inimitiés, voire vos détestations – n'ayons pas peur des mots - personnelles). La routine, quoi.

Alors d'accord, Pantin c'est moins prestigieux que Paris, mais c'est aussi moins cher au niveau loyer, accessible en métro (par la ligne

---

[40] A l'origine, la revue devait s'appeler BBBB : Beauté – Bio – Brexit - Bricolage, afin de fédérer un public multiple, de rencontrer les principales préoccupations des français… de ratisser large en fait… mais B c'est bien… mais c'est quand même moins bien que A… du coup. Eh oui, Brexit… qui aurait cru en 2019 que plus de 20 ans après le problème ne soit toujours pas résolu ? Et passionne le lecteur ?

E[41]) et, au pire, tu pourrais toujours avoir une adresse dans une boîte de domiciliation sur les Champs Elysées[42]. Mais très franchement, pour les lecteurs (et notamment ceux de l'édition numérique) ça ne fait pas de différence. Ils ne jugent pas un canard (enchaîné ou pas) en fonction de l'endroit où il se fabrique. Et pour les banquiers... ben justement de nos jours, quand tu as un journal... tu as aussi une banque (ou l'inverse, plutôt), car ce ne sont pas les ventes qui te permettent de sortir le numéro suivant. C'était déjà vrai depuis un bon moment pour la presse dite d'information, puis, ça l'est devenu aussi pour les magazines. D'abord modeler les consciences et ensuite apporter un peu de divertissement.

Donc, son nom c'est Julien Grivel. Un nom de plume ? Euh, non, je ne pense pas. Il a fait des études[43], se croit plutôt intelligent et l'est sans doute. Ou cultivé. La culture du moment.

Un premier contrat de stagiaire, suivi d'un contrat de formation, d'un contrat de transition vers un projet professionnel, pour enfin obtenir ce fameux contrat de mission renouvelable qu'il espérait depuis vingt mois. Il serait mal venu de se plaindre. Et d'ailleurs, il ne le fait pas.

Je pourrais vous raconter la conférence de rédaction, dépeindre le rédacteur en chef en transfuge du fonds de pension qui a racheté le journal, ou en en résistant pur et dur d'un journalisme honnête, qui

---

[41] Ne me demandez pas pourquoi. A un moment, un énarque a décidé qu'il fallait remplacer les numéros des lignes de métro par des lettres. Que voulez-vous ?... Un énarque...

[42] Bon, Ok, c'est un peu technique pour qui n'est pas familiarisé avec certaines pratiques entrepreneuriales, mais si vous avez besoin d'éclaircissements vous pouvez me joindre 0800 666 666 (c'est un numéro surtaxé mais vous en aurez pour votre argent).

[43] Certains font Sciences Po pour entrer à la Chambre (Po... Chambre... je sais, elle n'est pas très fine), d'autres finiront magistrats du Siège, mais ce n'était pas son but, il a donc fait une Ecole de Journalisme.

se demande, malgré tout, ce qu'il fait dans cette revue mondaine ; décrire les bureaux, délayer sur le choix des sujets et pourquoi ça tombe sur lui… mais bon, c'est fait, c'est fait. La bonne nouvelle pour Julien c'est que niveau « note de frais » ça semble plutôt souple. Hébergement au forfait, et pas besoin de justificatifs. Ça c'est plutôt un bon plan quand tu as de la famille qui, le hasard faisant parfois bien les choses, est prête à t'accueillir ; car ta tante Henriette ne t'a pas revu depuis le temps des culottes courtes[44]. Vingt ans qu'elle s'est exilée à Marseille la tantine oubliée. Elle n'en pouvait plus de la vie parisienne (passe ton Offenbach d'abord, comme on disait à l'époque où la télévision[45] diffusait des opéras bouffes). Oui, c'est à Marseille qu'il va devoir aller, mais vous l'aviez compris, puisque j'avais commencé un peu à l'envers et dévoilé le pot aux roses.

Le rock à Marseille ! C'est le sujet ! Euh… c'est quoi Marseille ? Non, je déconne. C'est quoi le rock ? Oui ben rigolez pas, il n'en sait rien Julien. Quand il est né le genre musical était déjà en voie de marginalisation. Et pour ses parents, cela s'apparentait clairement à la catégorie des OMNI (Objets Musicaux Non Identifiés). Faut dire qu'à Paris (il y est né) la musique que tu écoutes c'est un peu en fonction de ton arrondissement de résidence. Musique du 20ème siècle = 20ème arrondissement[46]. Lui, il était dans le 18ème, donc forcément, musique classique. Par chance chez AAAA+, le sujet a déjà été traité quelques années auparavant. Certes il s'agissait d'une autre ville, mais ça lui donnera au moins quelques pistes sur la manière de structurer son article. Et puis il y a Hugues, le vieux de la rédac. Lui, il aurait bien voulu se charger du sujet, parce que le

---

[44] Ça compte les bermudas ?
[45] Ancien mode d'abrutissement des masses supplanté par le téléphone. Sorte de neuroleptique collectif, en somme.
[46] Bon, d'accord, ça ne fonctionne pas pour tous les arrondissements… mais là, ça m'arrangeait bien. Je peux encore faire ce que je veux, quand même ? Et faudrait songer à rajouter un arrondissement pour les musiques actuelles…

rock c'est son truc, son époque ; mais bon, la nouvelle direction n'est pas toujours disposée à lui faire plaisir (et c'est réciproque). Et ce jour-là, peut-être encore moins que les autres. Par chance pour Julien, Hugues[47] ne lui en tient pas rigueur, sachant bien que celui-ci n'est pour rien dans le fait qu'on ne lui attribue pas le sujet, et lui a remis, quasi religieusement, un plein carton de ses archives persos sur le rock à Marseille ; et même quelques numéros de téléphone qui pourront lui être bien utiles. Ça semblait même lui faire plaisir de transmettre ça à quelqu'un qui ne soit pas de sa génération.

Bon sang, qui aurait pu penser qu'on pouvait avoir tant de documents sur le rock à Marseille ? Plusieurs bouquins, certes pas très récents, mais quand même… Et des sortes de petites revues « cheap », photocopiées (parait-il) et pliées à la main, à la gloire d'illustres inconnus dont certains paraissent même plutôt jeunes. Et pas mal de fichiers musicaux envoyés directement dans son espace pro virtuel. Ça existe donc encore le rock ? En tout cas, il me semble bien que pour Marseille, la réponse soit « Oui »[48].

Il n'a pas encore écouté, mais Julien est quelqu'un de sérieux et quand il prend le Fuxing[49] pour la cité méridionale, non seulement il a déjà lu une grosse partie de la documentation récoltée, mais il a aussi pris contact avec quelques personnes à interviewer. Le schéma de son article est en train (pas le même) de prendre forme dans sa tête.

Alors, et là aussi c'est un choix, je ne vais pas vous raconter les retrouvailles à Marseille avec tante Henriette. Ben franchement, ce n'est pas vraiment le sujet. En plus, il suffirait que vous vous attendiez à des retrouvailles chaleureuses et que ça ne soit pas le cas, et ça pourrait vous chagriner, et du coup vous seriez moins attentifs

---

[47] Les jeunes de la rédaction le surnomment « aux fraises », à cause d'Hugues aux fraises… Non, mais laissez tomber, Vous être trop jeunes, vous ne pouvez pas comprendre.
[48] Un peu comme la réponse des Anglais pour le Brexit ; mais j'ai déjà abordé le sujet, il me semble…
[49] Essayez de suivre, j'en ai déjà parlé plus haut.

et moins sensibles au reste du récit. Ou l'inverse ! Des retrouvailles, sans intérêt aucun, qui jetteraient une chape de plomb sur l'histoire. Non, vraiment ! On va faire sans.

Quoi ? Au moins le quartier ? Et ça vous avance à quoi si je vous dis que tatie Rillettes[50] habite St Loup. Ce n'est pas vraiment central, mais depuis peu (faut pas être pressé à Marseille) c'est desservi par le métro : prolongation de la seconde ligne. Oui, la seconde, pas la deuxième. Quand je vous disais qu'il ne fallait pas être pressé… Bon, donc, vous voyez bien que ça n'a aucun intérêt.

C'est parce qu'il manque ? Des descriptions pour rendre le récit plus vivant ? Vous êtes chiants quand même ! Bon alors, le chemin des Prudhommes part du Boulevard de St Loup, à l'endroit où se trouvait il y a bien longtemps le cinéma « La Cascade », s'étire, étroit et sinueux, puis s'en va enjamber le Canal de Marseille pour s'enfuir vers les collines toutes proches, au pied du Parc des Bruyères. Pas d'immeubles ou presque. Des maisons. Des villas collées les unes aux autres, des jardins de graviers, des maisons de village. La route vire, tourne, biscornue, pas très large, entourée de murs à l'ancienne : ceux avec les tessons de bouteille incrustés dans le ciment, au sommet, destinés à décourager les monte-en-l'air. Le genre de ruelle dont tu te dis qu'elle n'existe que pour que les conducteurs de 4X4 expient leur pêchés en allant faire repeindre leur voiture tous les six mois. Et ça marche ! Tu y rencontres quasiment aussi fréquemment ce type de véhicules que dans la rue Paradis[51]. Ah, peintre-carrossier à St Loup ! Ça c'est un métier d'avenir !

---

[50] Julien l'appelait comme ça quand il était petit. Et puis ça m'évite de répéter sans arrêt tante Henriette. Bon je pourrais aussi dire Mademoiselle Henriette Grivel – vu que c'est la sœur de son père et qu'elle porte toujours son nom de jeune fille n'ayant pas trouvé chaussure à son pied, comme on dit ; mais c'est un peu guindé pour ce récit.

[51] La rue Paradis est certainement la rue du centre-ville de Marseille dans laquelle on croise (façon de parler car elle est,

Au 45 (anciennement 27 avant la renumérotation)[52] le portail, ainsi que la petite porte en fer sur le côté, mériteraient un coup de peinture. La boîte aux lettres vert métallisé et la petite sonnette « Grivel » sont en revanche flambantes neuves. C'est une petite maison, ancienne mais bien entretenue, façade crépie couleur crème à la vanille – avec les petits points noirs -, deux niveaux, un balconnet à l'étage avec sa rambarde en fer forgé, pour fumer sa clope[53] en contemplant le coucher de soleil sur les collines de la chaîne de St Cyr, un petit jardin méditerranéen ; des plantes pas trop gourmandes en eau[54] et quelques fleurs pour la couleur. Bien trop grande pour une personne seule, mais la disposition des lieux permet à Julien d'occuper la petite chambre à l'étage pour la durée de son séjour ; la tantine ayant opté pour celle du bas à l'occasion

---

dans sa majeure partie, en sens unique) le plus grand nombre de 4X4, véhicules qui sont en effet considérés par la population du quartier comme le moyen de transport idéal pour aller chercher le pain ou déposer les enfants à la crèche.

[52] N'allez pas vérifier, je viens de l'inventer. Ben oui, c'est comme les numéros de téléphone dans les films... Vous ne pouvez pas savoir l'enfer que ça serait pour ceux qui auraient le malheur de voir apparaitre leur numéro de téléphone dans un film. Toujours un petit malin pour appeler et demander M. Martin (plus particulièrement quand le personnage s'appelle Martin dans le film) à n'importe quelle heure. Non, je ne dis pas que le 45 n'existe pas, bien évidemment, il existe, mais bon, c'était juste pour donner un numéro, alors foutez leur la paix à ceux qui habitent au 45. Ils n'ont rien demandé. Et ceux du 27 non plus !

[53] Je ne sais pas si le sujet vous questionne, mais j'ai toujours dit « une clope » et j'ai souvent vu écrit, dans les polars que je lisais « un clope ». Et j'ai longtemps douté (alors que j'aurais dû me renseigner) ... En fait ce mot peut être masculin ou féminin : une clope pour une cigarette, un clope pour un mégot. Facile à retenir, en plus... Mnémotechnique.

[54] Un peu comme le pastis. Lui non plus n'est pas très gourmand en eau. Enfin, moi, je le bois comme ça... Mais nous reviendrons au pastis plus tard.

d'une entorse avec complications[55]. Idéal pour travailler au calme. Et s'abstraire des récits familiaux très vite pesants. C'est bon comme ça ? On peut revenir au sujet ?

Ce qui est de plus en plus clair pour Julien, qui s'est imprégné de toute la documentation gracieusement offerte, et après ses contacts téléphoniques avec les « honorables correspondants » mentionnés par sa source parisienne, Hugues, c'est que Marseille semble bien être un noyau de résistance rock. Des petits groupes, des petites assos, de petites salles, de petits labels, des structures bien installées, des personnes bien motivées. Un vrai réseau. Plusieurs même. De différentes chapelles. Oui, le rock est polythéiste, ainsi que se plaisait à le répéter un certain Gilles B.[56], ardent défenseur marseillais du rock et de l'enthousiasme, ou des énervements, qui l'accompagnent nécessairement.

Deux jours à actualiser l'état des lieux du rock local. Deux soirs à faire le tour des salles, des bars, des personnages « incontournables » du passé comme du présent. La rencontre avec le pastis. Ne riez pas, c'est important. Le pastis (et les boissons anisées de manière générale) vient troubler l'eau[57] comme le rock vient troubler l'auditeur. Bref, il n'y a pas de breuvage plus adéquat pour saisir toute la subtilité du rock marseillais.

---

[55] La principale complication étant souvent de trouver un médecin qui ne demande pas un dessous de table pour l'opération. Mais dans ce cas il s'agissait plutôt de complications physiques.

[56] « Calme-toi, Gilles ! » phrase attribuée à un marseillais à la fois fan de rock et d'italo-disco (chacun porte sa croix) qui avait l'habitude d'apostropher ainsi le dénommé Gilles B. chaque fois que celui-ci s'emportait pour une cause musicale ... ou politique... oui parce que là aussi, niveau chapelles et énervements... il y a de quoi faire. Une expression désormais passée dans le langage commun... Ici, en tout cas.

[57] Normalement c'est plutôt l'inverse. On verse d'abord le pastis, puis c'est l'eau qui vient le troubler. Mais bon, on va dire que c'est une licence (IV) poétique.

Reste le grand rendez-vous. Celui du vendredi soir. Immuable depuis, allez quoi, trente ans ? Le show-case au Lollipop Music Store où se retrouvent la plupart des musiciens et leurs potes. Fans des premiers jours ou rencontres plus récentes, toutes générations confondues. Tendance rock multi-étiquettes (ou refus d'étiquette) et public pas sectaire.

D'accord, mais quand tu as passé quatre jours, immergé dans une culture rock qui t'est totalement étrangère, même si cela fait partie ton travail, tu te retrouves confronté à une sorte de « plafond de verre[58] ». Tu ne peux pas aller au-delà. Alors, pour la visite chez Lollipop, il prend rendez-vous avec les patrons du lieu, le vendredi après-midi, histoire d'éviter le show-case vespéral des « Dinky Toys », une nouvelle formation locale dont le guitariste à la réputation de jouer si fort que certains le soupçonnent d'avoir des actions dans la fabrication de casques anti-bruit ou de bouchons d'oreilles.

16h30 : arrivée sur les lieux. La boutique n'a pas vraiment changé depuis son ouverture. Les couleurs, noir, blanc, rouge, au-dessus de la vitrine, mériteraient sans doute un petit coup d'éclat (c'est véritablement une constante de cette ville, qui semble toujours avoir besoin d'un ravalement de façade), mais personne ne vient ici pour s'extasier sur la devanture. Aujourd'hui c'est grand soleil et les petites tables rondes sont de sortie devant le magasin. Ce n'est pas tous les jours, mais le vendredi, quand il fait beau, les patrons sortent la terrasse car la clientèle se déplace autant pour boire un coup entre amis, en écoutant le groupe d'une oreille plus ou moins attentive, que pour acheter la nouveauté discographique, la réédition enrichie en « bonus tracks », la dernière production d'un groupe de potes, voire l'une des œuvres accrochées aux cimaises. Car ici, c'est aussi un lieu d'expos.

---

[58] Tiens, d'ailleurs, en parlant de verre, je vais aller m'en servir un petit.

Un sans doute quinquagénaire, blouson de cuir de rigueur malgré la température, est attablé devant une bière et feuillette son Vortex[59]. Un jeune couple fait durer son café, tâche ardue s'il en est, car à Marseille on sert plus facilement des expressos à l'italienne que des cafés américains.

A l'intérieur, Stéphane est derrière la caisse et Polo, pork pie hat vissé sur la tête[60], tient le comptoir. Un très joli comptoir d'ailleurs ; rien à voir avec celui que certains ont pu connaître dans les années vingt[61]. Il parait que celui-ci a été fabriqué spécialement pour eux dans les Ateliers Sud Side[62]. Le côté « café et expos » s'est agrandi aussi, depuis peu, en récupérant une pièce, à l'arrière du magasin, qui servait de dépôt. Des années que les habitués des show-cases attendaient ça ! Surtout lors des vendredis pluvieux, quand tout le monde devait se masser à l'intérieur.

Même quand ce n'est pas ta tasse de thé (ou ta chope de bière), le temps passe vite lorsque tu discutes avec des gens qui connaissent leur sujet, en parlent avec un enthousiasme communicatif, ponctuent leur récit d'anecdotes savoureuses, et possèdent le recul nécessaire pour ne pas se prendre trop au sérieux. Et là, tu parles depuis deux heures, tantôt avec l'un, tantôt avec l'autre, au gré des interruptions liées aux interventions d'une clientèle qui a l'habitude, sans doute méridionale, de considérer qu'un achat ne peut pas se faire sans un minimum d'échange verbal avec le maitre des lieux,

---

[59] Revue mensuelle photocopiée et pliée qui recense tous les événements underground de la Cité. En gros, tout ce qui a été avalé dans le trou noir de la Culture Officielle

[60] Non, ce n'est pas pour masquer une quelconque calvitie. Il le portait déjà alors qu'il avait encore des cheveux. Non, je n'ai pas dit qu'il n'en avait plus !

[61] Années 2020... s'il faut préciser...

[62] Tout le monde se souvient à Marseille de l'extraordinaire fiesta organisée en 2038 à la Cité des Arts de la Rue pour les quarante ans des Ateliers Sud Side. Je ne vous dis pas le nombre de participants sinon vous allez invoquer la fameuse exagération marseillaise, mais bon... nous étions nombreux !

souvent devenu un ami, et soudain… l'imprévu ! Pas l'imprévu forcément catastrophique. Non, plutôt celui qui te plonge dans un étonnement qui te fait penser tout à la fois que tu es passé à côté de quelque chose d'incontournable, mais que tout n'est pas perdu pour autant. Voire que le meilleur reste à venir. Le truc genre scoop, buzz, révélation, selon comment tu vois la chose.

C'est Sonotonic Polo qui a lancé à Julien sur un ton tout à fait naturel :
- Et Xxx, il t'a dit des choses intéressantes sur le rock à Marseille ?
- Xxx ?
- Ben oui Xxx Yyy[63], tu es bien allé le voir ? Qu'est-ce qu'il t'a dit sur le rock marseillais ?
- Xxx Yyy ?
- Oui, il t'a raconté des trucs sympas, des histoires intéressantes ? Sur son parcours, tout ça ?
- Mais c'est qui Christo Glazer[64] ?

Sonotonic Polo, se retournant vers son compère, avec le petit sourire en coin du vieux rocker malicieux à qui on ne la fait pas.
- Tu le crois ça, Steph, ça ne fait pas une semaine qu'il est arrivé et déjà il veut jouer les rois du second degré ? Avec un marseillais, en plus !

---

[63] C'est un peu ça le problème quand tu écris au fil de l'eau, sans avoir fait de brouillon. Là, par exemple, je n'avais pas encore trouvé le nom du personnage. D'accord, je sais, on n'est pas en direct, je pouvais l'écrire après, mais j'aime bien le côté « live » … mon esprit musicien, sans doute.

[64] Voilà, j'ai trouvé. Alors j'avais une idée qui pouvait être sympa, c'était de laisser l'espace en blanc (avec juste des pointillés) pour que chacun puisse choisir le nom du personnage ; donner un côté plus interactif… mais plus personne n'utilise de stylo de nos jours, alors…

- Et depuis quand tu es Marseillais toi, t'es pas Aixois[65] ?
- Je l'étais… mais il y a prescription !
- La prescription c'est pour les docteurs. T'es pas docteur, non ? Alors, Aixois tu es, Aixois tu restes !
- Plus maintenant ! C'est le droit du sol (pour un musicien…) qui s'applique. Finalement, j'ai vécu plus longtemps à Marseille qu'à Aix en Provence…
- Ah non, on avait dit pas de discussions politiques le vendredi ! Après on s'énerve et on digère mal les cacahuètes avec la bière !

Là, vous venez d'entendre tonner la voix basse et grave, comme sortant de la cave, du Libanais[66], qui semblait assoupi au fond du magasin, le visage caché par le dernier exemplaire de « Creuse Encore », revue qui traite, notamment, de l'avantage de la binette sur le sarcloir… Mais non, ça parle (écrit) de rock, enfin !
Retour sur notre ami Julien.
Interrogation ! Questionnement ! Sourcil qui se lève. Œil dans le vague… Yeux dans le vague[67] ? On se recentre et on revient sur le sujet.

- Non mais attends, je ne déconne pas ! C'est qui Christo Glazer ? Il joue dans un groupe ?
- Il joue dans un groupe ? T'es pas sérieux là, hein ? dixit Polo
- Il n'est pas sérieux ! renchérit Stéphane
- Mais c'est bon, arrêtez là. Non je ne sais pas qui c'est. Expliquez ! Il est important ?

---

[65] Vieille querelle locale opposant Marseille (le peuple) et Aix en Provence (les bourgeois) trouvant de forts échos dans le milieu musical.
[66] Non, il n'est pas libanais. Mais comme il s'appelle Cédric…du coup… cèdre… Liban… Ok, laissez tomber !
[67] A moins de chercher à ressembler à Dalida, en principe, quand un œil s'en va, l'autre aussi.

Exceptionnellement, parce que l'heure est grave, Polo se penche derrière le comptoir pour remplir trois petits verres ballon de Viognier blanc, laissant à Stéphane le soin d'entamer l'explication.
- Ben, ça dépend de ce que tu appelles important. C'est sûr qu'il ne remplit pas des stades comme l'autre burne de Www Zzz[68] sinon, forcément, tu le connaitrais.
- Forcément, confirme Polo, dont on ne voit que le haut du chapeau.
- OK, mais il fait quoi alors ? demande Julien.
- On pourrait te dire que c'est sans doute un de ceux qui ont joué ici le plus souvent, mais ça c'est juste important pour nous, reprend Stéphane.
- Qu'il a joué avec quasiment tout le monde à Marseille. Mais ça, ça en ferait juste une figure locale comme d'autres.
- D'accord et donc, c'est quoi le truc ? demande Julien, qui s'est emparé du ballon de blanc posé devant lui.

Polo, à son tour, prend son verre et continue.
- Le truc, en fait, c'est que c'est un mec qui, un jour, plutôt que de continuer un boulot de fonctionnaire qui ne lui déplaisait même pas, a décidé de s'arrêter pour ne faire plus que du rock.

Et Stéphane de préciser :
- Mais pas du rock genre : je fais un groupe de reprises et j'écume tous les bars de la région en chantant tout seul avec ma gratte[69]. Non, lui il a continué à faire des compos, à

---

[68] Oui alors là c'est volontaire parce que, s'agissant d'une personne qui est censée chanter des trucs que j'aurais du mal à qualifier de musique, vous pensez bien que je ne vais pas m'emmerder à lui inventer un nom. Et non, je n'ai pas utilisé un ancien nom parce que j'espère bien que d'ici 2040 on aura oublié tous les chanteurs actuels figurant dans la catégorie « remplisseur de stade ».
[69] Ce qui est, a priori, la seule solution si tu veux en vivre, vu les tarifs et le peu d'endroits où jouer.

monter des groupes, des projets, utilisé à fond internet pour diffuser tout ça et du coup, avec le temps… Ben finalement, il arrive à en vivre vraiment. Et hors du circuit subventionné, parce que ça, c'est un truc… faut pas lui en parler… pour lui, c'est pas du rock !
- En fait, ici, sauf à Marseille bien sûr, mais ici en France, on ne le connait pas. Mais il vend sa musique dans le monde entier grâce à tout un réseau qu'il s'est constitué au fil des années. (La précision (Fender ?)[70] venait de Polo).
- S'il y a vraiment quelqu'un pour qui le rock n'est pas mort, c'est bien lui, complète Stéphane en retournant vers la caisse où l'attend un improbable ado boutonneux, tenant entre ses mains, à la manière dont un serveur débutant tient son plateau pour son premier jour à la Brasserie des Arts, la réédition vinyle d'un coffret des Byrds[71].
- C'est sûr que, quand on y pense, là, maintenant, ce serait sûrement bien que tu puisses lui parler.
- Ah ouais, c'est sûr. Ben, passe-moi son téléphone et je vais le contacter, histoire d'arriver à le voir avant de repartir.
- Tu repars quand ?
- Lundi ou mardi, je ne sais pas encore.
- Quand ? fait répéter Polo, soucieux sans doute de mériter son surnom[72].

---

[70] Si vous êtes bassiste ou guitariste, c'est le genre de vanne que vous avez entendu 100.000 fois, mais si ça n'est pas le cas, vous aurez un peu plus de mal à comprendre.
[71] Certes, je pourrais, à l'usage d'un lecteur pas forcément expert, évoquer plus précisément la musique et le parcours de ce groupe… mais ce n'est pas le sujet. Toutefois, si vous faites partie de ces gens, assoiffés de culture et qui ont besoin de comprendre le moindre mot d'un récit, je ne saurais que trop vous conseiller d'aller chercher quelques précisions supplémentaires chez notre ami Wikipédia. Et non, il n'y a pas de faute d'orthographe… ça s'écrit bien avec un Y.
[72] Sonotonic… voir au début.

- Pourquoi, il n'est pas là ? répond le journaliste qui se dit sans doute que c'est bien, de temps en temps, de répondre à une question par une autre question.
- Qu'est-ce que vous dites ? s'inquiète Stéphane en glissant le disque dans une pochette Lollipop en amidon de maïs... biodégradable...
- Que ce n'est pas forcément une bonne idée, répond le Libanais à la triple interrogation.
- Quoi ? question collégiale.

Et de reprendre, hissant sa tête au-dessus de la revue.

- Je dis que ce n'est pas forcément une bonne idée de laisser le petit l'appeler. Vous savez comment il peut être ronchon. « Et j'aime pas la presse sur papier glacé, et les journalistes c'est tous des cons, et pourquoi j'irai raconter des trucs dont les gens se foutent... », transformant son authentique voix de rogomme en intonations geignardes.
- C'est vrai que, autant quand tu le connais, il est vraiment adorable ; autant quand il ne te connait pas, il peut être très con, parfois, rajoute Stéphane, en se retournant vers le comptoir.
- Ouais ! ponctue Polo.

Et tout le monde reste songeur, la main sur le verre[73].

- Bon d'accord, reprend Julien, mais du coup, je fais quoi, moi, maintenant ? On peut aller voir son site au moins ?
- Ses sites. Parce qu'il n'en a pas qu'un. Mais attend, ce serait con que tu ne puisses pas le voir. Non, ce qu'on va faire, c'est que je vais l'appeler et lui présenter la chose de manière un peu plus diplomatique. Faut juste éviter de le braquer. Et normalement, ça devrait aller, conclue Polo en expédiant, d'un geste ferme, les dernières gouttes de blanc rejoindre leurs cousines.

---

[73] Alors que la main de ma sœur est dans la culotte d'un zouave, comme chacun sait.

La sagesse sous le pork pie hat. Ballon de Viognier aidant.

Les choses restent donc entendues comme ça. Polo fera l'intermédiaire... mais pas avant demain matin, parce que le coup de fil risque de s'éterniser et que l'heure tourne.

Si l'église de Notre Dame du Mont[74], juste au-dessus, en haut de la rue des Bergers, sonnait les demi-heures, on aurait pu constater qu'il était très exactement 18h30 lorsqu'un ampli de taille déraisonnable a franchi la porte, précédant de peu le guitariste des Dinky Toys qui avait prévu de l'utiliser ce soir.

Il va y avoir du monde. Il y en a toujours pour les Dinky Toys[75]. Et tant mieux, parce que les corps massés devant l'espace faisant office de scène étoufferont suffisamment le son pour ne pas perturber, plus que de raison, le voisinage. Ce qui, à Marseille, relève de l'exploit. Les salles de rock ont toujours eu ici des problèmes avec les municipalités successives. On veut bien qu'il y ait de l'animation parce que c'est bien pour le tourisme, l'image de la ville, etc... mais par contre il faut que le connard qui a acheté son T3 dans le quartier, en pleine connaissance de cause quant au niveau sonore environnant[76], puisse aller se coucher à vingt-deux heures, sans perdre trop de temps à compter les moutons, vu qu'il se lève, lui, le matin[77]...

---

[74] C'est dans cette église que mes parents se sont mariés. Non, je sais bien que ça n'a aucune importance, mais j'avais envie de le dire... En plus, je n'aime ni les églises, ni le mariage... Je me demande vraiment pourquoi je suis allé vous raconter ça...

[75] Je me suis laissé dire que les Dinky Toys avaient choisi ce nom pour revendiquer une certaine filiation avec un autre groupe marseillais de vingt leur ainé, les Lemon Cars... Mais bon, les explications sur les noms des groupes de rock c'est très souvent sujet à caution...

[76] Forcément, sinon tu ne l'aurais pas payé ce prix. La mauvaise foi de ces gens...

[77] Alors, pour être exact, tous les bruits ne sont pas ressentis – ou en tout cas traités – de la même manière à Marseille. Par exemple toutes les perturbations sonores trouvant leur origine

Non, Julien n'est pas resté pour le concert, la balance lui a suffi. Bien ? Pas bien ? Ce n'était pas vraiment la question, vu que le rock, malgré ces quelques jours à tenter de s'en imprégner... ça n'est toujours pas son univers musical. Un message à Tatie Rillettes pour éviter le repas du soir (elle cuisine gras, faut dire...), une petite halte sur la Place Notre Dame du Mont, pour manger un truc rapide, puis il s'en est retourné à St Loup en Taber[78], pour mettre au propre son entrevue du jour...

Bien sûr, il en a aussi profité pour jeter un œil sur les productions musicales de Christo Glazer. Site un peu bric-à-brac, à première vue, mais finalement pas trop mal foutu. On se prend au jeu et on suit des liens, on écoute de la musique... Tout en DIY[79]. Le touche-à-tout intégral. Et c'est vrai que c'est surprenant : autant de contenu. Vingt ans d'enregistrements. Des collaborations avec tout un tas d'inconnus aussi illustres que lui. Productif le gars !

Ça donne quand même envie d'en savoir un peu plus.

---

dans des manifestations footballistiques sont considérées avec une certaine mansuétude, voire un laxisme total. Il semblerait que ceci ait à voir avec une déclinaison locale du concept de « paix sociale ».

[78] Il s'agit en fait d'une spécificité marseillaise qui remonte à presque dix ans maintenant. Pendant une dizaine d'années, Uber – les gens qui te conduisent chez toi en étant moins cher et plus aimable qu'un taxi ; mais en se faisant exploiter par la multinationale américaine qui gère l'application – avait essayé de s'implanter à Marseille. Mais un jour les conflits avec les chauffeurs de taxi sont devenus réellement violents et la société à décider de se retirer du marché. Du coup, pour les clients, on retournait dans les anciennes galères. Alors on a eu droit à une solution « à la marseillaise » : il n'y a plus écrit « Taxi » sur les voitures, tu les appelles, ils viennent s'ils veulent, ils te font faire le tour de la ville pour rentrer chez toi... mais bon... c'est le Taber...

[79] « Do It Yourself ». Oui, ben il fallait bien au moins une note sérieuse, dans le lot (et Garonne).

Parce que, si musicalement il n'est pas plus convaincu que la veille au soir, les gens lui plaisent bien. En tout cas, ceux qu'il a rencontrés jusqu'à présent. Certes ils étaient un peu surpris au départ, pas vraiment enthousiastes. Faut dire aussi que, malgré sa bonne volonté, sa méconnaissance du sujet ne plaidait pas vraiment en sa faveur. Et puis une méfiance quasi ancestrale envers la presse magazine parisienne. Mais bon, ils avaient quand même envie de raconter leurs histoires, sans illusion particulière, sans réel souci de reconnaissance, juste raconter. Ça ne leur arrive pas si souvent.
Samedi matin.
Et il fait beau ce matin ! Personnellement, je ne l'aurais pas relevé, mais Julien est quand même parisien alors, forcément, ça l'interpelle une belle journée bien ensoleillée, en ce début du mois de novembre. Il ne s'est pas levé très tôt, et après tout, on est samedi, quoi. Et puis, il a bien bossé hier soir… jusqu'à pas d'heure. Petit déjeuner sur le balcon. Ça c'est une bonne idée ! Il n'est pas très large, mais suffisant pour la petite table bistrot ronde avec son plateau en marbre et la chaise en fer forgée muni de sa galette matelassée, décor provençal. Un classique.
Des œufs brouillés, un jus de pomme, un yaourt au muesli, un grand bol de café[80] et la première cigarette posée dans le cendar Marlboro, occupée à faire des signaux de fumée ; sans doute pour engager la conversation avec les occupantes des autres cendriers du quartier. La clope c'est convivial, par essence[81].
En attendant Godot… euh, pardon, Polo ! Et finalement, pas si longtemps que ça puisque, à peine la dernière bouchée avalée, le téléphone sonne. Le vieux rocker serait-il, malgré tout, matinal ? Ben non, il est juste comme tous les autres vieux. Ils ne dorment pas[82] !

---

[80] Mais comment peut-on boire le café dans un bol ?
[81] Et pas uniquement l'essence à briquet.
[82] En tout cas, c'est leur argument favori pour expliquer leurs endormissements postprandiaux.

Je vous passe les premières phrases, les « salut, tu vas bien, remis de ta soirée, pas trop dur le matin, etc… » qui alourdiraient inutilement le récit. Concentrons-nous sur l'essentiel.
- Ecoute, finalement, ce n'était peut-être pas la peine de faire tout ce cirque, commence Polo. Quand je lui ai parlé de ton article, il était presque, allez, pas enthousiaste - faut pas exagérer non plus - mais en tout cas intéressé et plutôt bien disposé.
- Cool, ponctue Julien, en éteignant sa cigarette en fin de vie. Et là on fait comment ? Je l'appelle ? Il est dispo ?
- Ben si tu n'as rien de prévu en fait, tu as rendez-vous chez lui, dimanche, à quinze heures.
- D'accord, mais chez lui, ça se trouve où ? Parce que je ne suis pas en voiture.
- Non, c'est bon, c'est en plein centre-ville. A côté de La Plaine.

Il se trouve que, la plupart du temps, les fins de conversation ressemblent au début dans le sens où, leur intérêt n'est pas flagrant. Ça ne vous dérange pas si je réserve à cette fin le même sort qu'au début[83] du coup de téléphone ? Merci !
Et voilà, déjà dimanche[84]. 14h40, sortie du métro à la station Cours Julien. Sortie par en haut, l'escalier roulant face au camion à pizza. Demi-tour gauche sur le Cours Ju, puis à droite dans la rue Bussy L'Indien : ses façades décrépites couvertes de graffitis plus ou moins réussis, ses portes en bois sur lesquelles on a cessé de vouloir faire disparaitre les tags, ses boutiques de fringues, ateliers bizarres, restos associatifs…

---

[83] Oui, je sais, c'est une question fermée. Mais de toute façon, les contingences matérielles ne permettaient pas de laisser vraiment le choix.
[84] Je fais ce que je veux, c'est moi qui raconte.

Pour arriver devant le bar du Champ de Mars, « Chez Marius » comme l'appellent encore certains anciens. Haut lieu du punk originel marseillais. Rendez-vous obligé depuis 1977. Une paille[85] ! Je ne vous fais pas tout le trajet, ce n'est pas un guide touristique, non plus. Mais la destination finale, c'est la rue Terrusse. Au numéro --[86]. Vu de la rue, c'est un petit immeuble ancien de la fin du XIXème, plus bas que ceux qui l'encadrent - juste deux étages - donnant un peu, vu du trottoir, l'impression que quelqu'un a creusé une brèche dans une sorte de façade globale, hétéroclite. Deux fenêtres sur la rue – l'immeuble n'est pas très large. Et récemment ravalé. A priori la porte en chêne massif a bénéficié, dans la foulée, d'un bon décapage. A moins que, pour d'obscures raisons, les parapheurs compulsifs du quartier aient décidé de l'épargner. Une seule sonnette. Serait-il l'unique occupant des lieux ? Tiens, presque envie d'utiliser le heurtoir. Un magnifique bronze en forme de… Langue des Stones ? Pas évident de loin, mais quand tu t'approches, plus aucun doute n'est permis.

- Je le fais ? se dit Julien. Tentant, mais il se décide finalement pour l'option plus moderne : la sonnette, qu'il entend grésiller au loin en appuyant son doigt.

Et la réponse, quelques secondes plus tard, dans une tonalité un peu plus grave, accompagnée du claquement qui signale l'ouverture de la porte. Pousser fort. C'est du costaud.

Un petit hall, deux marches, une porte vitrée. Juste derrière, sur la droite, un escalier ancien et, sur la gauche, deux mètres en retrait, une porte ouverte. Dans laquelle se découpe la silhouette de Christo Glazer. Et même si on est dimanche et qu'il est dans sa maison, pas question de tenue d'intérieur décontractée. Boots pointus, pantalon étroit noir, chemise paisley dans des tons noir et rose, et blazer noir gansé de blanc. Avec un petit badge discret au revers. Plus proche

---

[85] **Non, pas celle-ci.**
[86] **Vous pensez bien que je ne vais pas me faire avoir cette fois en donnant le vrai numéro.**

des Kinks que de Motorhead[87]… La soixantaine est passée, l'allure est restée. En tout cas, il aime bien l'entendre dire.

Ils ont échangé les quelques politesses de rigueur entre personnes qui ne se connaissent pas, puis ont juste traversé le salon, au bout du couloir, la véranda, pour venir s'installer dans le jardin.

Ben il ne pensait pas vendre l'appart, du coup, il n'avait pas de raison de faire visiter. Mais si ça vous intéresse, comme je connais, je peux vous expliquer un peu. Donc, effectivement, il occupe seul l'immeuble. Au rez-de-chaussée on pourrait dire que c'est la partie classique, à vivre : cuisine, séjour, véranda dans le prolongement… qui ouvre sur le jardin, quelques petits arbres, un potager, mais pour les fleurs, il n'a pas vraiment la main verte alors on est plutôt sur des trucs qui poussent tout seuls… et au fond du jardin, ce qu'on appelle par ici, la maison de fond[88], sorte d'appentis, à l'origine, où ranger les outils, mais qui, dans le cas qui nous occupe, a été entièrement refaite et transformée en petit home-studio. Au premier, deux chambres et un bureau, et au dernier étage une grande pièce envahie de livres, instruments de musique, disques, gadgets divers, revues, souvenirs en tous genres, bien rangés pour certains, en vrac pour d'autres, comme si le rangement était une activité dont il se lassait vite[89].

- Tiens, on va se mettre là, il fait beau, on ne sera pas plus mal. dit Christo, en montrant à Julien la grande table en bois, sous l'oranger. Tu préfères une bière ? Moi je suis au Mâcon-Villages.
- Non, le Mâcon ça m'ira très bien.

---

[87] Je veux bien faire des efforts mais là, si ça n'évoque rien pour vous, c'est que décidément le rock, à part le « whisky on the rocks », vous avez dû faire l'impasse…
[88] Désolé pour la répétition mais ça s'appelle comme ça.
[89] C'est sans doute le cas.

- Alors, juste un truc d'abord. J'aime pas qu'on enregistre. Donc, c'est mieux si tu prends des notes, précise Christo en servant les deux blancs[90] dans des verres de cuisine.
- Des notes ? Comme à l'école ? Je ne vais pas pouvoir tout noter ?
- Je n'ai pas tant de choses importantes à te raconter, non plus. Et puis, au besoin je peux répéter ; ça ne me dérange pas, j'ai l'habitude, je ne fréquente que des vieux. dit-il en ponctuant sa phrase d'un sourire pétillant.
- Mais je n'avais pas prévu, je n'ai même pas un bloc.
- Ça, ça va pouvoir s'arranger. Il me reste quelques vieux agendas que j'avais fait il y a pas mal d'années, et il y avait des pages prévues pour prendre des notes.

Il s'est levé tout en le disant et revient, le temps de le dire, avec un petit bloc intitulé « Ephéméride mal saint 2020[91] » qu'il tient ouvert sur des pages blanches, en fin d'ouvrage.

- C'est bon ? Allez, à la tienne, enclenche Christo en levant son verre.

Bon alors, à partir de maintenant, vous faites comme si une heure s'était écoulée. Oui, parce que certains sont capables de donner cette impression en faisant du remplissage avec des descriptions, mais ce n'est vraiment pas une chose pour laquelle je suis doué. Encore que… Je ne dis pas qu'il ne m'arrive pas de digresser… mais bon, ce n'est pas pour gagner du temps… C'est juste que parfois, certaines idées s'enchaînent et…
Allez, d'accord ? On dit que ça fait une heure !

- Tu sais quoi ? Finalement, je vais te raconter une histoire dont personne ici n'est au courant…

****

---

[90] Ben voilà, si vous ne le saviez pas, le Mâcon-Villages, c'est un vin blanc.
[91] Si vous cherchez bien, en fin d'année 2020, vous aurez des chances de le trouver.

Mardi :

Pour être honnête, aujourd'hui, le temps est un peu gris. Pas au point de sortir avec un parapluie, surtout quand, comme Christo, tu développes une sorte d'allergie à ce dispositif anti-arrosage. Faut quand même reconnaitre que, dans une région réputée pour ses épisodes venteux, tu as plus souvent l'occasion de le casser que de lui trouver une quelconque utilité. Il entre donc dans le magasin, les mains dans les poches de son vieil imper en cuir.

- Ça va Polo ? Tu me fais un café ?
- Et bonjour d'abord, non ? répond-il, faussement bougon.
- C'était pour voir si tu entendais bien ! l'œil malin.

Une bise et Christo s'installe au comptoir, un bout de fesse nonchalamment appuyé contre l'assise d'un tabouret bistrot, pendant que Polo fait couler le café.

- Dis-moi, qu'est-ce que tu lui as dit à Julien ? Parce qu'il est passé hier, avant de reprendre son train et tout ce que j'ai compris c'est que tu lui as dit des trucs dont il ne veut pas parler. Mais qu'il va faire un article spécial dès qu'il aura réussi à tout recouper.
- Ah bon ? un petit sourire au coin des lèvres tandis qu'il feuillette machinalement le dernier numéro de Rythme & Bouse[92], un fanzine local que son tirage confidentiel protège efficacement des procès pour insultes.
- Non, sérieux, qu'est-ce que tu es allé lui raconter ?
- Tu veux vraiment savoir ?
- Ben oui, sinon je ne te demanderai pas !
- Je lui ai dit qu'en fait, je ne vendais pas tant de disques que ça, en tout cas pas assez pour en vivre. Et qu'en réalité je vendais, cher, des morceaux que je n'aimais pas à des artistes de variété.
- Tu lui as dit quoi ?

---

[92] Le nom n'est pas déposé, alors si quelqu'un veut l'utiliser, n'hésitez pas !

- Et bien, ce que je viens de te dire. Que je vends des morceaux de merde à des artistes de « variet » et que ça me rapporte un max de blé.

Polo en soulève légèrement le bord de son chapeau.
- Mais c'est pas vrai !
- Quoi ? Que je lui ai dit ça ? Bien sûr que c'est vrai !
- Non mais, c'est pas vrai que tu fais ça, hein ?
- Ah ben, bien sûr que non ! Tu me prends pour qui ?
- Ben pourquoi tu lui as raconté ça, alors ?
- Tu as le « Seem[93] » de dimanche ?
- Tu es con ou quoi ? Pourquoi j'achèterai ce torchon ?
- Alors regarde sur le web. Un site d'infos quelconque.
- Et je regarde quoi ?
- Les résultats sportifs de samedi.
- Sportifs ?
- Ouais, regarde les résultats de l'OM !
- Et depuis quand ça t'intéresse ? Et quel rapport ça a ?
- T'occupes. Cherche juste le score d'OM – PSG ?
- 4 à 0 pour le PSG au Stade Orange-Bouygues-SFR Vélodrome[94]. Polo a chaussé ses lunettes pour pianoter sur son téléphone.
- Voilà.
- Quoi, voilà ?
- Julien et son magazine ils viennent d'où ?
- De Paris ? Attends, ne me dis pas que c'est pour ça ? Mais enfin, tu t'en fous du foot ! Et de l'OM encore plus, où

---

[93] « Seem » : acronyme de Sud Est En Marche, nouveau nom du journal la Provence, racheté en janvier 2022 par un groupe proche du président de la République de l'époque, afin de préparer la campagne électorale. Et qui, finalement, lui convient bien parce qu'au niveau des infos, ça « seem » seulement vrai… mais ça ne l'est pas souvent.
[94] Il y a eu quelques regroupements dans la téléphonie au fil des années.

alors c'est que tu nous racontes n'importe quoi depuis des années…
- Bien sûr que je m'en fous du foot ! Mais quand il s'agit de PSG – OM, ce n'est pas une question de foot. **C'est une question de principe** !
- Oh putain, je le crois pas ! Mais tu es con ou quoi ?
- Ah ça, je l'avais dit qu'il pouvait être très très con, répond en écho la voix grave, mais légèrement amusée, pour le coup, du Libanais, qu'on ne voit jamais mais qui est toujours là pour mettre son grain de sel.

Oui, c'est vrai qu'il peut être très, voire trop con. Mais il n'allait quand même pas dire la vérité… Quelle vérité ? Ne me dis pas que toi aussi tu crois vraiment qu'il vend assez de disques pour en vivre ? Il a juste eu la chance, un jour, de cocher cinq numéros et deux étoiles… Mais ça, il ne l'a vraiment dit à personne.

Post-scriptum : Cette nouvelle se trouve aussi dans « l'almanach de Kino », mais c'est ici qu'est sa véritable place. Donc…

EXPOLARS

(Nouvelles aventures)

Préambule

Petit résumé des épisodes précédents pour ceux qui ne seraient pas au courant (et il n'y a pas de honte à ça).

Donc, il y quelques années, j'ai commis un ouvrage appelé « Expolars », qui faisait suite à une exposition du même nom. De quoi s'agissait-il ? De faux titres de romans policiers, se voulant humoristiques, faisant référence à des quartiers de Marseille (oui, Marseille est ma ville). Pour chaque titre il y avait un auteur imaginaire (par exemple Homer Dalors, Céline Tiffada, Maïa Landrois, etc…) une couverture (couleur) et une quatrième de couverture pour introduire une histoire mêlant habilement (si, si, j'insiste) le polar, l'absurde et l'humour. J'avoue que j'ai du mal à imaginer que vous ayez pu passer à côté de cet ouvrage mais, comme dit Jack Lemmon « Nobody's perfect ».

Le projet mériterait peut-être un Tome 2. En tout cas, l'envie m'a pris de recommencer à écrire quelques quatrièmes de couverture pour de nouveaux polars imaginaires. Une suite à venir ? Peut-être…

Les mutilés de St Tronc

(Pola Roïde)

Tout le monde ne le sait pas forcément à Marseille, mais elle est notamment à l'origine du grand escalier de la Gare St Charles. Enfin, à l'origine, pour être honnête, je n'en suis pas certain, mais elle y a participé. Il a été construit avec les pierres de la carrière Perasso à St Tronc, tout au bout du chemin du Vallon de Toulouse.

Une carrière en pleine ville. Faut dire que la ville de Marseille est étendue. Alors, une carrière… pourquoi pas, après tout. On croit toujours que le marseillais exagère mais certaines vérités locales sont déjà bien assez grosses.

Et d'ailleurs, en parlant de vérités et de taille, dès le début il avait compris que cette affaire-là, ce serait un gros morceau. Pour les flics, pour la presse, pour le voisinage… pour tout le monde. Bien évidemment pour lui aussi… puisque c'était dans la carrière qu'il avait trouvé les petits d'abord, puis les plus gros morceaux.

Qu'est-ce qu'il faisait là ? Si vous voulez bien on y viendra plus tard. Mais une chose est sûre. Ces doigts, ces pieds, ces mains, ces bras, disséminés dans la carrière, n'étaient pas à leur place. Tous ces morceaux de corps et pas de cadavre… Mais qui sont donc les mutilés de St Tronc ?

La Vénus de Beaumont (ou l'inverse)
(Oscar Burant)

On pourrait presque dire que, depuis l'école maternelle, tous les garçons du quartier n'avaient d'yeux que pour elle. Mais, comme disait sa tante Thérèse, ils n'auraient que Lisieux pour pleurer. Parce que les garçons… ce n'était pas vraiment son truc. C'était quoi d'ailleurs son truc ? Les études ? Quelque chose lui disait qu'elle pourrait faire sans… ou sans trop.

La religion ? Non plus. Et pourtant, le jeune prêtre récemment affecté à l'église St Augustin de Beaumont, si l'on en croyait la manière dont il la regardait, aurait pu abjurer sa foi, boire à en noyer son foie, si elle l'avait regardé, ne serait-ce qu'une fois. Mais non.

Sa mère ne s'était pas trompée en la prénommant Vénus. Son père n'avait pas eu son mot à dire. N'avait pas voulu, en fait, pour être précis. Il avait préféré, apprenant la grossesse, repartir garder des chèvres sur le plateau du Larzac. Vers chez lui en fait. Il était de Millau. Vous pensez que ça pourrait expliquer son prénom ? Comme un clin d'œil ?

Quoi qu'il en soit, Vénus, son truc, c'étaient plutôt les filles. Enfin jusqu'à samedi soir dernier. Parce que dimanche matin on l'avait trouvée, sans doute victime d'un coup de pompe, assise contre la porte vitrée de la caisse de la station Shell, son truc en plumes autour du cou. Elle n'aimerait plus personne. Panne des sens.

Un thon aux Catalans

(Larry Bambel)

Avant tu pouvais rester tranquillement dans ta morgue à attendre les cadavres, à température ambiante, en costume de ville, confortablement enfoncé dans un vieux Chesterfield couleur bronze, et faire les mots croisés. Les jours de calme. Et il faut bien l'admettre, la plupart des jours sont calmes.

Marseille ! Marseille, c'est peut-être un peu plus agité que Limoges, mais enfin, on dira ce qu'on voudra, en tant que légiste, tu n'as pas du travail tous les jours. Et c'est tant mieux. Et pas uniquement pour moi. Pour tous les gens qui ne meurent pas aussi. Non, je n'ai pas fait appel à Ipsos pour faire un sondage, parce que pour déterminer l'échantillon des personnes à interroger ça semble un peu compliqué, mais je pense que je peux affirmer cela sans crainte d'être démenti.

Mais ça c'était avant. Avant que TF1 ne se mette à diffuser « Les Experts ». Maintenant, impossible d'y échapper. Il faut que tu te rendes sur place. Déguisé en apiculteur, de préférence. Ou en cosmonaute… il y a deux écoles, en fait.

Tu ne laisses approcher personne, tu prends l'air pénétré (enfin c'est une expression, mais ça n'a rien de sexuel) et tu dis à haute et intelligible voix : « Je pourrai vous en dire plus après l'autopsie ». Quand la presse n'est pas là et que tu veux détendre l'atmosphère, tu peux tenter un « Mais c'est quoi cette odeur, il y a quelqu'un qui s'est pétéchier dessus ? ». Mais faut pas en abuser. Tous les flics ne regardent pas « Les Experts ».

En règle générale, d'ailleurs, il vaut mieux éviter toute réflexion qui pourrait prêter le flanc à la critique, sous peine d'être traité de n'importe quoi finissant en « iste ». De nos jours on se retrouve vite catalogué. Là, par exemple, quand je suis descendu sur la plage des

Catalans et que j'ai vu ma cliente, allongée sur le sable, retenant avec peine ses 120 kilos, dans un maillot de bain couleur vert capre, abondamment nappé d'un liquide rouge, j'ai pensé très fort : un thon aux Catalans. Mais je ne l'ai pas dit…

L'illuminé de Luminy

(Sarah Toussetrat)

Finalement, Luminy, c'est quoi ? La faculté des sciences, les sports, l'architecture, des grandes écoles, une trentaine de laboratoires de recherche, plus de huit mille étudiants, plus de mille cinq cents chercheurs, la nature, les calanques, le tout desservi par trois misérables lignes de bus dont deux ne fonctionnent même pas le week-end. Oui, je sais, mais c'est Marseille.

D'accord, mais en fait Luminy, c'est quoi ? Kedge Business School ? Le refuge des fils et filles à papa (ou maman) incapables de la bourgeoisie marseillaise, des petits branleurs et cagoles friqués, la planche à billets des diplômes dérisoires au cœur du Parc des Calanques. Tiens d'ailleurs, on va agrandir un peu en grignotant sur un massif protégé. C'est pour la bonne cause ! C'est pour notre jeunesse dorée.

Bon OK, mais Luminy ce n'est pas que ça ! Luminy c'est aussi et surtout : la piscine et l'illuminé.

La piscine d'abord. Inaugurée en 1973, avec son bassin olympique de 50 mètres, elle fut fermée en 2008 pour désamiantage… Et donc ? 12 ans plus tard on ne sait pas si elle est désamiantée mais elle n'a pas vu d'eau depuis longtemps et s'est transformée en sorte de friche pour graffeurs. Je vous ai déjà dit qu'on était à Marseille ? Oui forcément, mais bon, ça peut quand même expliquer pas mal de choses.

Et l'illuminé. Pas méchant. Un peu bruyant quand il a bu, c'est-à-dire, généralement un peu bruyant. Il est là depuis des années naviguant entre cabanes de branchage quand il fait beau et, justement, bâtiments abandonnés de l'ancien centre aquatique, quand le temps se couvre.

Mais illuminé, en principe, c'est au sens figuré. Aujourd'hui, on pourrait dire que le sens premier a été rajouté au moyen d'une guirlande électrique entourée autour du cadavre du plus vieil occupant du campus. Il y a vraiment des lumières à Luminy.

Lodi mâte

(Paul Himère)

Et puis un jour, il n'est plus venu travailler. Autant dans la sécurité option gardiennage, service d'ordre, le turn-over est assez important, autant dans la vidéo surveillance, c'est nettement moins le cas. Le personnel étant habituellement un peu plus qualifié. Quand tu bosses depuis des années dans la même boîte, ton patron appelle pour savoir si tu es malade. Mais il n'était entré chez SecurVision que depuis quelques mois. Et le boss avait beau s'appeler M. Foucault, quand il ne savait pas pourquoi un de ses techniciens était absent, il n'utilisait pas l'appel à un employé pour avoir la réponse.

Mais pour la paye, en revanche, il appliquait aussitôt le 50/50… La retenue sur salaire.

Il habitait rue de Lodi, un petit deux-pièces au-dessus d'une épicerie ouverte le plus longtemps possible, histoire de rendre crédible un chiffre d'affaires constitué en partie (petite) de ventes de Capri Sun ou de packs de bière et en partie (plus grande) d'un autre commerce moins officiel dont il convenait de blanchir les fruits. Quand j'étais jeune le local était occupé par un marchand de chaussures qui fabriquait parfois à la commande. Je me souviens d'une paire de platform boots… Mais, c'est une autre histoire…

L'installation électrique n'était pas de première jeunesse. Peut-être un court-jus ? En tout cas, la coupure de courant et la fumée sous la porte avaient attiré les pompiers. Ils trouvèrent son corps, a priori hors d'état de fonctionner depuis 48 heures, mais surtout un pan de mur d'écrans de contrôle, en prise directe avec une collection assez impressionnante de chambres à coucher.

Quand Lodi mâte, attention à l'explosion.

Sang caillé aux Caillols

(Ghislaine et Ludivine Auphan)

Le quartier des Caillols tire son nom des deux frères « Pierre et Thomas Caillol » qui, au XVIème siècle, achetèrent une immense propriété agricole au pied de St Julien. Un quartier donc, qui comme bien d'autres à Marseille, était auparavant essentiellement composé de campagnes maraîchères.

Bien sûr aujourd'hui ce n'est plus le cas, il faut aller un peu plus loin pour trouver encore quelques petits producteurs locaux. Mais il y a encore quelque chose pour rappeler cette époque. Ce sont les yaourts des Caillols… les Caillolais. Un vrai yaourt artisanal en pot paraffiné. Certes, il n'y a plus de vaches aux Caillols mais l'entreprise s'approvisionne dans les dernières fermes productrices de lait de vache des Bouches du Rhône.

Mais le sujet du jour ce n'était pas exactement le yaourt mais le « caillé » qui est, d'une certaine façon, l'ancêtre du yaourt. Il n'est évidemment pas question ici de commencer à révéler des secrets de fabrication (et pas seulement à cause de la loi sur le secret des affaires). Non, mais juste de poser une petite question toute bête.

Pour faire cailler du lait de vache, une des méthodes, l'acidification, consiste à ajouter quelques gouttes de citron (par exemple) à du lait entier de vache. Est-ce que ça fonctionne pour le sang ?

Non, parce qu'on a retrouvé le cadavre dans la chambre froide, au milieu de pots de yaourt renversés. Dans une mare de sang caillé. Le froid ? Ah ben oui, c'est vrai, c'est le froid… Bon, un point de résolu, maintenant voyons le reste…

Coup de calebasse à Callelongue

(Hilde Wraffer – Ali Dantik)

Même si je suis né ici, je ne le savais pas. Pas avant d'avoir à me renseigner sur l'endroit pour des raisons professionnelles. Marseille semble être experte dans l'art de dissimuler ses particularités, ses réalisations, voire ses prouesses, bref tout ce que tu peux trouver ici et nulle part ailleurs.

Là, en l'occurrence, je devais me rendre à Callelongue, la calanque qui se trouve au bout de la route, après le village des Goudes. En 1967, j'aurais pu faire le trajet entre les Goudes et Callelongue en téléscaphe, une sorte de téléphérique sous-marin qui fonctionna pendant un an. C'est court. Je ne sais pas pourquoi ça s'est arrêté mais, sur le papier, ça paraissait sympa !

A priori, le rapport avec une enquête criminelle (oui, c'est pour cette raison que j'allais dans cette direction) n'était pas flagrant, mais j'ai appris à ne rien écarter de ce qui peut sembler incongru au premier abord. Dans un coin de ma mémoire et on verra plus tard si c'est utile.

Sur place, le cadavre attendait sagement que l'on vienne s'occuper de lui. Les cadavres sont généralement assez patients. Il n'était pas seul. Autour de lui, comme disposées, se trouvait toute une collection de calebasses proprement éclatées. Sans doute en raison de leur rencontre fortuite avec le crâne de mon client du jour.

Il n'y avait guère de doute possible. On était en présence non seulement d'un meurtre, mais d'une mise en scène. Surtout qu'à l'odeur, le défunt semblait encore moins frais qu'un poisson provenant de l'étal d'Ordralfabétix.

Façon madeleine de Proust, mais version rassie (ou rassise – selon que vous serez Larousse ou Robert…), me sont revenus certains souvenirs d'un camp d'ado à l'époque où je me passionnais pour l'astronomie : la nébuleuse de la Calebasse est mieux connue sous le nom de nébuleuse de l'œuf pourri.

Ça schlinguait vraiment.

Du vide à La Plaine

(Yvon Parpeire)

Certains endroits semblent tellement être l'objet de toutes les attentions, être en permanence envahis de gens que tu te dis, benoitement, qu'il ne peut rien s'y passer. Enfin, il peut s'y passer toutes sortes de choses, mais, tout le monde le saura. Ça semble d'une logique imparable.

C'est la théorie. Une théorie dont tu ne vois pas comment elle pourrait être différente de la pratique.

Prenons La Plaine, par exemple. La Place Jean Jaurès, de son nom officiel. Pas comme exemple d'endroit où il ne se passe rien. Non, ça, on ne peut pas dire. Il y a toujours eu beaucoup de monde, de jour comme de nuit, aussi bien avec le Marché, le matin, qu'aux terrasses des bars à toute heure. Et c'était pire encore quand tout le monde s'y garait. Un va et vient incessant.

Puis il y eut les travaux. Et là, entre les pour, les contre, les occupants façon ZAD, les nervis façon briseurs de grève à l'américaine. Soyons chauvins, briseurs de grève à la française. Bref, entre ceux qui passent par-là, ceux qui zonent ici, ceux qui essaient d'y bosser, ceux qui viennent s'y détendre… difficile de passer inaperçu. Oui bon, allez, noyé dans la masse je veux bien. Mais là ce n'est pas exactement le cas qui nous préoccupe.

Depuis le début des travaux de réaménagement (gentrification étant le terme communément employé par les résidents), on va dire que l'ambiance n'évoque que très marginalement le réchauffement climatique, à tel point qu'une colonie de vigiles s'est installé sur place. Voilà, ils font banquise.

Bon, mais on les voit bien ; surtout quand certains plaisantins (le marseillais est farceur) leur tendent des bananes à travers le grillage.

Non, je ne vais pas tout raconter, vous lirez le livre, mais il y a un mur, des grillages, enfin tout plein de nouveau mobilier urbain.

Bref, pour la discrétion ce n'est pas l'endroit à choisir. Et pourtant, depuis une semaine, chaque nuit, un vigile disparait. Sans que personne ne voit rien… si ce n'est le cadavre au petit matin. Oui, ça commence à faire du vide à La Plaine.

Roméo et Joliette

(Lalie Maunade)

Même en allant jusqu'à la quatrième, la cinquième génération, Josiane n'avait pas d'ascendance italienne. Il aurait peut-être fallu continuer et remonter plus loin dans le temps mais elle avait prix le forfait généalogie basique à 129.90 € et au terme du forfait, tous ses ancêtres étaient en France.

Mais après tout, ce n'était qu'un détail. Elle était italienne. Elle le savait, le sentait au plus profond d'elle-même. Depuis toute petite. Ses parents avaient cessé assez vite de la contredire parce qu'après tout, qu'est-ce que ça pouvait bien faire ? Ça n'allait changer ni la face du monde, ni même sa vie… Encore que là, je pense qu'il convient d'émettre quelques réserves.

Tout naturellement, elle prénomma son premier et unique fils Roméo. Enfin, elle avait son italien. Son mariage n'y résista pas et elle put reporter tout son amour sur son transalpin familial.

Certains prénoms ont un poids. Roméo en fait partie. Sa mère l'avait élevé dans la religion du pouvoir de séduction de Roméo.

Si certains prénoms ont un poids, certaines personnes aussi. Roméo avait un poids. Un caractère d'enfant gâté aussi.

Vous savez quoi ? On va laisser tomber le politiquement correct. Roméo était un gros tas que sa mère avait élevé comme un enfant-roi et qui était persuadé de plaire à toutes les filles qui lui plaisaient.

Je vous laisse imaginer les larmes de celle-ci quand on le retrouva, au petit matin, sur la Place de la Joliette, son service trois pièces délicatement posé sur le ventre…

Luzerne et losers à Bois Luzy

(Lucas Mizol De Fourth)

Il y a un temps pour l'explication, un temps pour la contre-attaque, mais avant toute chose il faut prendre le temps de limiter les dégâts.

Non, les excuses, ça ne va pas marcher. Mais parce que ça ne marche pas avec tout le monde. Et là, pour une fois, si vous vouliez bien me croire sur parole, les excuses ne sont ni prioritaires, ni même une bonne idée.

Et la connerie non plus, ça ne se plaide pas dans ces cas-là. Vous vous souvenez, il y a trente ou quarante ans le fait de dire qu'on était bourré ça constituait une circonstance atténuante… et puis c'est devenu une circonstance aggravante. Ben la connerie, c'est pareil. Même si c'est quasiment maladif. Si, à ce niveau, on peut dire maladif !

Comme s'ils ne pouvaient pas continuer à se faire des plans foireux entre eux. Mais non, il a fallu qu'ils cherchent à entuber le mec le plus dangereux de Bois Luzy. Et pas juste un peu. Cinquante kilos d'herbe et vous lui livrez de la luzerne ?

C'est ça, je vais me calmer, m'assoir et réfléchir. Putain de losers !

Non, je n'ai pas de plan ! Mais il ne va pas se taire celui-là. Voilà, c'est bien simple, à partir de maintenant si j'en entends encore un parler, c'est moi qui le bute.

Voilà on se tait et je réfléchis. Comme disait mon prof de latin « Cogito ergo sum », je cogite et j'assume… Quoi ? Non, mais j'aimais pas ça, le latin, en fait…

Îlot Thiars que jamais

(Alban Bosch)

Le problème avec les idéalistes c'est juste qu'ils sont idéalistes. Et ça finalement, la plupart du temps, ça leur pose des problèmes existentiels, mais ça vient rarement perturber la vie de tout un chacun.

En tout cas rarement au-delà d'une manifestation plus ridicule que gênante (si l'on ne voit pas cela du côté de l'idéaliste). L'idéaliste aime bien l'appel à la conscience humaine, l'envolée lyrique, le pamphlet à l'ancienne, la manifestation carnavalesque. Autant de péripéties qui se voient, bien souvent, tournées en dérision par le reste de la population.

Parce que l'idéaliste entretient une relation quasi fusionnelle avec le vague, le flou, le diffus… Rien qui ne puisse durablement obscurcir l'horizon d'un fonctionnaire obtus ou d'un petit patron adhérant au CIDUNATI.

Non, où les choses se compliquent c'est quand tu tombes sur un idéaliste avec des idées précises. Oui, j'ai un exemple précis qui me vient immédiatement à l'esprit. Appelons le Monsieur D. (la discrétion parfois, ça ne fait pas de mal).

Monsieur D. pourrait se définir comme un idéaliste ayant les moyens de ses désirs et, de son point de vue, un certain sens de l'humour. Monsieur D. a une passion pour le Vieux Marseille et une grande idée. Recréer le canal de la Douane à son emplacement originel : l'îlot Thiars. Pour stocker… C'est là qu'intervient son sens de l'humour. Monsieur D. est le plus gros importateur de drogues sur Marseille. Alors, le canal de la Douane… c'est une idée qui l'amuse beaucoup…

Silence de mort aux Chutes Lavie

(Emma Coupet – Damon Elan)

Non, les gens ne naissent pas libres et égaux en droits. Mais ça vaut aussi pour les quartiers. Ils ne bénéficient pas tous des mêmes avantages. Je sais bien que c'est un lieu commun de dire ça mais je pensais plus précisément au quartier des Chutes Lavie.

La friche de la Belle de mai ? Ben non, c'est juste à côté… à la Belle de mai. Le jardin zoologique ? Non plus, le quartier s'arrête juste au-dessus. Le Dôme ? Encore raté. Pas loin, mais c'est à St Just. Bon, d'un autre côté, le Dôme… Non, je ne dis rien de plus, les marseillais comprendront. Et les autres économiseront une occasion de se moquer.

Alors quoi ? Rien à faire aux Chutes Lavie ? En fait ce n'est pas tellement le sujet du moment. Même s'il y avait quelque chose à faire, le bon sens et la prudence recommanderaient de rester chez soi.

Parce qu'en ce moment, si le proverbe dit qu'à chaque jour suffit sa peine, il existe une version locale, très locale même, qui dit qu'à chaque nuit suffit (encore heureux) son cadavre. Certes il existe des variantes sur les modalités du passage de vie à trépas, mais la régularité n'est pas prise en défaut. Un par soir.

Alors, à part les rondes de police, autant vous dire qu'en ce moment la nuit aux Chutes Lavie, le soir, il règne un calme et un silence de mort… Jusqu'à ce qu'on entende un cri…

TABLE

Les nouvelles très brèves	7
(Sans titre)	17
Mode d'emploi	33
Journal inachevé	53
Retour vers le rock	73
Expolars (nouvelles aventures)	101

Remerciements

Si l'autoédition en ligne présente un net avantage par rapport à l'édition à compte d'auteur c'est bien l'économie financière réalisée par l'écrivain amateur ou en devenir. Mais ce n'est pas la seule. Que dire de l'économie considérable en matière de remerciements. Pas d'éditeur à louanger, pas de conseiller littéraire à encenser, pas d'attaché(e) de presse à qui cirer les pompes. Non vraiment, en cette période de stagnation du pouvoir d'empathie (je sais, je ne suis pas concerné), quel gain considérable !
Pour autant, il me reste quand même quelques personnes à remercier. Que ce soit pour le regard bienveillant qu'elles posent régulièrement sur mes différentes activités, pour le bien que me procure leur présence ou pour la douleur que me cause leur absence. Mais comme ils et elles sont très modestes (ou n'ont pas envie d'être reconnus) je m'abstiendrai de citer leur nom… Donc, merci…